Zu diesem Buch

Zu der Stadt Mageia haben nur Zauberer, Taschenspieler, Gedankenleser und andere geheimnisvolle Künstler Zutritt, und nur sie dürfen hier mit ihrem Anhang leben. Ja, schon von der Lage der verborgenen Stadt zu wissen, setzt magische Kräfte voraus. Hier zaubern bereits die Kinder auf der Straße, statt einfach Ball zu spielen, und von Generation zu Generation werden die Geheimnisse der Schwarzen Kunst in der Familie weitergegeben und eifersüchtig gehütet. Die größten von ihnen werden in der exklusiven Gilde der Zaubermeister aufgenommen. Da erscheint eines Tages ein Zauberlehrling namens Adam vor den Toren, der es in Mageia zum Meister bringen will – doch offensichtlich ist er bereits einer. In seiner Begleitung befindet sich der Wuschelhund Mopsy, der mit seinem Herrn ständig ins Gespräch vertieft ist, denn Mopsy kann sprechen und versteht alles. Er ist keineswegs ein mephistophelischer Geist, sondern Hüter und Ratgeber seines Herrn. Zusammen mit der elfjährigen Jane, einer Tochter des Bürgermeisters und Chefmagiers, sorgen sie für ungeahnte Aufregung; denn leider herrschen in der Zauberstadt unmenschliche, man könnte auch sagen: sehr menschliche, nämlich neidische und intrigante Zustände. Adam – der über alte Tricks, wie Kaninchen aus dem Hut zaubern und so was, nur lachen kann – verfügt über einen magischen Kasten, der Vergangenheit, Gegenwart und Zukunft preisgibt, jeden Wunsch erfüllt und mit dem man, wenn man in ihn hineinschlüpft, überall hinfliegen kann, bis zu den Sternen. Aber der Regen aus Gold und Geld, den Adam schließlich auf die Bewohner niederregnen läßt, schafft nur Kummer, Feindschaft und Mordgelüste. Bis die Leute endlich erkennen, daß die wahren Werte im Menschen selbst liegen und die größte Zauberin die Natur ist.

Paul William Gallico wurde am 26. Juli 1897 als Sohn eines Einwanderers aus Triest geboren. Sein Vater war Pianist, die Mutter Geigerin. Der junge Paul bereiste mit seinen Eltern Europa und ging in New York zur Schule. Um über Sport authentisch schreiben zu können, übte er fast ein Dutzend Sportarten aus und wurde schließlich der höchstbezahlte Sportberichterstatter Amerikas. Seine ersten Bücher waren Sammlungen von Sportreportagen: «Farewell to Sport» (1938) und «Golf is a Friendly Game» (1942). Die Reihe seiner Romane wurde 1939 mit «The Adventures of Hiram Holliday» eröffnet. Weitere erfolgreiche Werke sind: «Meine Freundin Jennie» (rororo Nr. 499), «Ein Kleid von Dior» (rororo Nr. 640), «Der geschmuggelte Henry» (rororo Nr. 703), «Thomasina oder Die rote Lori» (rororo Nr. 750), «Ferien mit Patricia» (rororo Nr. 796), «Die Affen von Gibraltar» (rororo Nr. 883), «Immer diese Gespenster!» (rororo Nr. 897), «Die spanische Tournee» (rororo Nr. 963), «Waren Sie auch bei der Krönung?» (rororo Nr. 1097), «Die Hand von drüben» (rororo Nr. 1236), «Jahrmarkt der Unsterblichkeit» (rororo Nr. 1364), «Freund mit Rolls-Royce» (rororo Nr. 1387), «Schiffbruch» (rororo Nr. 1563), «k. o. Matilda» (rororo Nr. 1683), «Die silbernen Schwäne» (rororo Nr. 1803), «Julian und die Seifenblasen» (rororo Nr. 4173) und «Mrs. Harris fliegt nach Moskau» (rororo Nr. 4239). Viele seiner Bücher wurden verfilmt und in verschiedene Sprachen übersetzt. Paul Gallico starb am 15. Juli 1976 in Monte Carlo.

Gesamtauflage der Werke von Paul Gallico in den rororo-Taschenbüchern: Über 1,6 Millionen Exemplare.

Paul Gallico

Adam der Zauberer

Ein Märchen
von der Einfalt des Herzens

Deutsch
von
Karl Berisch

rororo

Rowohlt

Die Originalausgabe erschien bei William Heinemann Ltd., London,
unter dem Titel «The Man Who Was Magic»
Umschlagentwurf Jürgen Wulff

1.–28. Tausend Oktober 1973
29.–33. Tausend April 1975
34.–38. Tausend Januar 1977
39.–42. Tausend September 1980

Deutsche Erstausgabe
Veröffentlicht im Rowohlt Taschenbuch Verlag GmbH,
Reinbek bei Hamburg, Oktober 1973

Satz Aldus (Linofilm-Super-Quick)
Gesamtherstellung Clausen & Bosse, Leck
Printed in Germany
480-ISBN 3 499 11643 x

Dem Kinde,
das Virginia einstmals war

Personenverzeichnis

ADAM	ein unbekannter Zauberer aus Gilmour
MOPSY	sein sprechender Hund
DER GROSSE ROBERT	Bürgermeister von Mageia, Oberzauberer und Vorsteher der Zaubermeistergilde
FRAU ROBERT	seine Frau
JANE	seine Tochter
PETER	sein Sohn
FUSSMER DER FABELHAFTE	der Stadtschreiber
NINIAN LE NONPAREIL	ein unfähiger Zauberer
MALVOLIO DER MÄCHTIGE	ein böser Zauberer
WANG FU RADSCHA PUNDSCHAB ABDUL HAMID VERINI DER VERBLÜFFENDE FRASCATI DER FAMOSE UNIVERSO DER UNVERGLEICHLICHE PROFESSOR ALEXANDER MEPHISTO DER MYSTERIÖSE GLORINI DER GLÄNZENDE SALADIN DER SPEKTAKULÄRE	Zauberer von Mageia
DER TORHÜTER	

Bürger von Mageia, Zauber-Kandidaten, der Spielleiter, der Kapellmeister, der Museumswärter, Bühnenarbeiter, Beleuchter und Kulissenschieber.

1

Die Ankunft des Fremden

Der Fremde, nach der langen Wanderung voller Staub und Schmutz, begleitet von einem kleinen Hund, der ihm auf den Fersen folgte, tauchte aus dem kühlen Schatten des Waldes auf, in dem er die Nacht verbracht hatte. Er blieb einen Augenblick bewundernd stehen, denn vor ihm lag sein Ziel, Mageia, die Stadt der Magier.

Sie thronte auf einem Bergrücken, und wenn man sie vom Tal aus mit ihren Mauern und Zinnen, Türmen und Türmchen im frühen Morgenlicht schimmern sah, konnte man glauben, sie sei eine Insel, die im Himmel schwebte. Vielleicht, dachte der Fremde, ist sie überhaupt nur eine Täuschung, ein wunderbares Trugbild, von den großen Zauberern geschaffen, die dort leben. Er zögerte, den Weg zu betreten, der sich zu dem gewaltigen bronzenen Stadttor hinaufschlängelte.

«Sieh, Mopsy», sagte er zu seinem Hund, «dort ist sie. Meinst du, daß sie echt ist?»

«Nun», antwortete der Hund, «wenn wir schon von so weit her gekommen sind, können wir ja auch noch den Rest des Weges gehen, um es herauszufinden, nicht wahr?»

Es war ein kleines Tier, einem Mop nicht unähnlich, mit kurzen Beinen und so langen, zottigen Haaren, daß man den eigentlichen Hund kaum erkennen konnte. Erst bei genauer Betrachtung entdeckte, besser gesagt, ahnte man zwischen all dem Gezottel zwei helle Augen, eine schwarze Knopfnase und manchmal ein winziges Stückchen rosa Zunge. Aber es war fast unmöglich festzustellen, wo der Leib aufhörte und die Beine anfingen oder was hier noch Schwanz war und was schon Hund.

Mopsy war durchaus kein gewöhnlicher Hund, denn er konnte sprechen. Jedenfalls behauptete das sein Herr, der strebsame junge Zauberer, und bis jetzt hatte sich noch niemand die Mühe gemacht, das Gegenteil zu beweisen.

«Das klingt vernünftig», sagte der Fremde. «Also los, machen wir uns auf den Weg.»

Er war ein ansehnlicher Bursche, schlank, mit breiten Schultern und schmalen Hüften, ein tapferer, unternehmungslustiger Jüngling, wie er im Buch steht. Sein lockiges kupferrotes Haar war kurz geschnitten, und er hatte merkwürdige hellgrüne Augen, die beinahe in den Fältchen an den Augenwinkeln verschwanden, wenn er lächelte. Die Nase, ziemlich lang und lustig, paßte ausgezeichnet zu dem breiten, gutmütigen Mund – es war ein Gesicht, das manche Leute sofort sympathisch fanden, während es anderen mißfiel, weil soviel Frohsinn sie irritierte.

Aber das seltsamste an ihm war seine Kleidung, die aus längst vergangenen Zeiten zu stammen schien: eine enganliegende Hose aus weichem Rehleder, dazu Hemd und Wams aus demselben Material. Eine Kappe mit einer Pfauenfeder saß keck über dem einen Ohr. Sein Hab und Gut trug er in einem großen Ranzen auf dem Rücken, und als Wanderstab diente ihm ein dicker Eichenknüppel, in dessen Griff er seinen Namen geschnitzt hatte – ADAM.

So kamen Herr und Hund zu der Zauberstadt Mageia. Das glatte Bronzetor, zwölf Fuß hoch, hatte weder Klinke noch Klopfer; aber an der Seite befand sich ein runder Knopf, über dem das Wort ‹Pförtner› stand. Adam drückte auf den Knopf.

Er hörte ein knarrendes Geräusch, und als er aufblickte, sah er, daß sich hoch oben in der Tür ein Schiebefenster geöffnet hatte, aus dem ein ehrwürdiger alter Herr spähte. Sein weißer Bart, der über das Fenstersims hing, war mindestens einen Fuß lang, und er trug einen ziemlich verbeulten Zylinderhut. Einen Frack hatte er auch an, wie Adam bemerkte.

Mit einer Stimme, die so trocken klang wie raschelndes Herbstlaub, fragte der Alte: «Wer sind Sie? Woher kommen Sie? Was wünschen Sie?»

Der Reisende nahm höflich die Kappe ab und erwiderte: «Mein Name ist Adam. Ich bin aus Glimour hinter den Bergen von Straen und möchte mich um Aufnahme in die Gilde der Zaubermeister bewerben. Ich habe gehört, daß ich dazu hierherkommen muß.»

«Richtig», sagte der Greis. «Die Auswahl der Kandidaten findet heute vormittag im Rathaus statt, und die Schlußprüfung ist morgen abend in der Stadthalle.» Er beugte sich weit aus dem Fenster, um den Fremden besser in Augenschein nehmen zu können. «Sind Sie einer von uns? Hier haben nur Zauberer Zutritt.»

«Ja, gewissermaßen. Ich hoffe jedenfalls, daß ich eines Tages ein ebenso berühmter Zauberer sein werde wie die Männer hier in Mageia, von denen ich gehört habe.»

«Was soll das heißen – ‹gewissermaßen›? Sind Sie Zauberer oder nicht? Können Sie Kunststücke zeigen?»

«Ein paar.»

«Was für welche?»

«Ach, nur die allereinfachsten, mein Herr», antwortete Adam. «Die ganz gewöhnliche Zauberei. Wissen Sie, ich bin vor allem hierhergekommen, um etwas dazuzulernen.»

«Hmm», sagte der alte Mann. «Ich habe aber noch nie einen Zauberer gesehen, der so angezogen war wie Sie.»

Mopsy setzte sich, hob den Kopf und rief zu dem Pförtner hinauf: «Na und? Das ist eine ziemlich taktlose Bemerkung, finde ich. Was haben Sie gegen seinen Anzug?»

«Still, Mopsy», gebot Adam. «Wir müssen höflich sein.»

«Was haben Sie gesagt?» fragte der Alte.

«Ich habe nur mit meinem Hund gesprochen. Es tut mir leid, daß ich keine andere Kleidung besitze, aber vielleicht könnte ich mir in der Stadt neue Sachen besorgen.»

«Das müssen Sie sogar. Vorgeschrieben sind Frack, weiße Binde und Zylinderhut, außer für Kandidaten aus dem Orient.» Der Alte, ebenfalls ein Zauberer, lebte im Ruhestand, weil seine Finger zu steif geworden waren, um Kunststücke auszuführen; daher hatte man ihm den Posten des Torhüters gegeben. «Wollen Sie wirklich behaupten, Sie seien über die Berge von Straen gekommen?» fügte er hinzu. «Was für ein Unsinn! Noch nie hat das jemand geschafft. Es ist völlig unmöglich.»

«Ich hab's aber geschafft», versicherte Adam.

Der Torhüter sah ihn zweifelnd an. «Nun, wenn Sie es sagen ... Was ist das für ein Ding, das Sie da bei sich haben?»

«Das ist Mopsy, mein sprechender Hund.»

«So was Albernes», sagte der Alte mürrisch. «Erstens sieht dieses Wollknäuel nicht wie ein Hund aus. Und zweitens weiß jeder, daß Hunde nicht sprechen können.»

«Hu!» rief Mopsy. «Ding und Wollknäuel! Ich muß doch sehr bitten! Rede ich etwa über Ihren Zottelbart, Sie alter Ziegenbock?»

«Sei ruhig, Mopsy, sonst läßt er uns nicht hinein.»

«Was gibt's denn dort unten zwischen euch beiden?» fragte der Pförtner.

Adam erwiderte: «Mein Hund sagte gerade: ‹Was für ein auffallend gut aussehender alter Herr.›»

«Tatsächlich? Das Tierchen hat eine vorzügliche Beobachtungsgabe.» Dann wurde er wieder mißtrauisch. «Ich habe gar nicht gehört, daß er es sagte.»

Adam lächelte. «Aber ich.»

«Pfui», schalt Mopsy, «du hast geschwindelt.»

«Es ist jedenfalls das, was du hättest sagen sollen», versetzte Adam.

«Hat er wieder gesprochen?» erkundigte sich der Torhüter.

«Ja. Er wünscht Ihnen Gesundheit und langes Leben.»

«Hm, hm.» Der Alte nickte nachdenklich. «Wer es fertigbringt, über die Berge von Straen zu gelangen und obendrein einen sprechenden Hund hat, der dürfte schon so etwas wie ein Zauberer sein. Aber sie müssen *sehr* gut zaubern können. Wissen Sie, wie viele die erste Prüfung bestehen? Einer von zehn vielleicht. Ein einziger Schnitzer, und Sie sind durchgefallen. Man erwartet eher Neuheit und Originalität als irgendwelchen komplizierten Hokuspokus.»

«Ich will mein Bestes tun», sagte Adam.

«Acht erfolgreiche Kandidaten werden zur Schlußprüfung zugelassen. Und wissen Sie, wie viele von denen ausgewählt werden? Drei! Durch mündliche Abstimmung. Die anderen können wieder einpacken. Übrigens – mir war doch gleich so, als fehlte noch jemand. Wo ist Ihre Assistentin?»

«Ich habe keine, nur den Mopsy.»

«Stets zu Ihren Diensten», murmelte Mopsy und verzog das Gesicht zu einem Grinsen.

«Ach du meine Güte!» rief der Pförtner spöttisch. «Ein Hund als Assistent eines Zauberers – wo gibt es denn so was? Damit werden Sie hier in Mageia nicht durchkommen. Es gehört zu den Bedingungen, daß jeder Kandidat von einer Assistentin begleitet wird. Und denken Sie nur nicht, daß die Richter keine Augen für hübsche Gesichter und Beine haben.»

«Wäre es nicht möglich, in Ihrer schönen Stadt eine geeignete Assistentin zu finden?»

«Möglich wäre es wohl, aber nicht sehr wahrscheinlich. Die meisten sind bestimmt schon fest engagiert oder stehen in Verhandlungen. Wir haben diesmal viele neue Bewerber. Immerhin, versuchen können Sie's ja. Sie müssen sich beim Stadtschreiber eintragen lassen.» Er sah auf seine Uhr. «Punkt zehn ist Meldeschluß. Sie haben noch ungefähr eine Stunde. Also dann . . . Achtung, treten Sie ein bißchen zurück.»

Adam gehorchte. Die beiden Flügel des Tores öffneten sich lautlos, und der Pförtner stieg die Treppe von seinem Büro hinunter, um Adam zu begrüßen. Seine Gestalt war gebeugt, sein Frack altmodisch und abgetragen. Doch die wasserblauen Augen blickten freundlich, als er «Willkommen in Mageia» sagte. Anscheinend meldete sich in ihm von neuem der Zweifel, denn er fragte nochmals: «Sind Sie auch wirklich Zauberer? Sehen Sie, wir lassen nur Fachkünstler oder Leute mit sehr guten Empfehlungen herein. Ich möchte keine Unannehmlichkeiten haben.»

«Ich *bin* Zauberer», versicherte Adam.

«Schön, dann geht die Sache in Ordnung, und ich wünsche Ihnen viel Glück.»

Mopsy schnüffelte an den Füßen des Alten herum. Adam hörte ihn brummen: «Wollknäuel und Ding, wie?» und konnte ihn gerade noch mit einem strengen «Mopsy, untersteh dich!» zurückhalten.

«Wie? Was?» rief der Torhüter. Dann blickte er nach unten. «Der Kleine ist wirklich ein schlaues Kerlchen, nicht wahr? Ich wollte ihn nicht kränken. Kann er schönmachen?»

«Kannst du schönmachen, Mopsy?» fragte Adam.

Mopsy antwortete: «Ich kann, aber ich will nicht. Ebensogut könnte ich ihm ja zumuten, auf allen vieren zu gehen.»

«Mein Hund sagt, er kann schönmachen, aber er möchte es lieber nicht tun», erklärte Adam. «Er meint, daß es unter seiner Würde ist.»

«Da hat er recht», gab der Pförtner zu. «Höchst ungewöhnlich – ein echter sprechender Hund!» Er wußte nun schon nicht mehr, ob er Mopsy oder Adam hatte reden hören. «Bitte, treten Sie ein, treten Sie ein!»

Adam und Mopsy gingen durch das geöffnete Tor. Sie waren am Ziel ihrer Reise angelangt.

Eine Stadt wie diese hatten sie noch nie gesehen. Denn innerhalb der hohen Mauern herrschte auf den Straßen von Mageia ein so lebhaftes, fröhliches, buntes und festliches Treiben wie bei einer Zirkusschau.

2

Die Stadt der Magier

Mageia, die magische Stadt der Magier aus aller Welt, lag auf einem Bergrücken, hoch über freundlichem Hügelland mit kleinen Wäldern, hübschen Wiesen, silbrigen Bächen und fleißig bewirtschafteten Bauernhöfen.

Von den Mauern schweifte der Blick ungehindert bis zum Horizont, wo sich Erde und Himmel in schimmerndem Dunst trafen; nur im Westen ragte in der Ferne dunkel und drohend die Kette der Straen-Berge auf.

Mageia selbst war ganz anders als jede Stadt, die Adam kannte. Hier wohnten mit ihren Frauen und Kindern alle Zauberer, Taschenspieler, Gaukler, Illusionisten, Kartenschläger, Entfesselungskünstler und Gedankenleser, wenn sie nicht gerade unterwegs waren, um sich in Theatern, Varietés, Festsälen, Klubs oder bei privaten Festlichkeiten zu produzieren.

Wer die Stadt Mageia lokalisieren will, der findet sie irgendwo westlich von Osten und südlich von Norden und nur eine knappe Meile jenseits der Zeitgrenze, so daß dort kein großer Unterschied zwischen gestern, heute und morgen besteht.

Zauberkünstler, die sich auf so verblüffende Dinge spezialisieren wie brennende Zigaretten und seidene Tücher in allen Farben des Regenbogens aus ihrem Mund zu ziehen oder lebende Tauben aus der Luft zu greifen, müssen in der Öffentlichkeit vorgeben, daß wunderbare und übernatürliche Kräfte sie befähigen, ihr Publikum in Spannung zu versetzen und in Verwirrung zu bringen. Daher lebten die Bewohner von Mageia ganz für sich. Niemand erhielt Zutritt zur Stadt, wenn er nicht selber ein Illusionist oder irgendwie mit der Welt der professionellen Zauberei verbunden war.

Die Magier von Mageia hüteten eifersüchtig ihre Geheimnisse, denn das war ja ihr kostbares Betriebskapital, und viele Tricks hatten sich vom Großvater auf den Vater und vom Vater auf den Sohn vererbt. Zwar durfte jeder Zuschauer mutmaßen, auf welche Weise ein lebendes Kaninchen in den eben noch leeren Zylinderhut gelangt war, er durfte auch den Trick zu erraten suchen, mit dessen Hilfe die hübsche Dame in Seidentrikot und Flitterrock, die in einem Schrank postiert war, blitzschnell vor seinen sehenden Augen verschwand – aber er durfte es auf keinen Fall *wissen.*

Das war der Grund, weshalb es keinem Außenseiter gelang, Mageia zu betreten, sofern er überhaupt wußte, wo es lag. Für Adam war die Stadt natürlich ein Begriff, da er sich von Kind auf mit der Zauberei befaßt hatte.

Wirkte die Stadt, von weitem gesehen, hinter ihren Mauern geheimnisvoll und erregend wie eine Burg aus alter Zeit, so war sie im Innern geradezu märchenhaft. Die Häuser waren unverändert seit den Tagen, da Alchimisten, Geisterbeschwörer und Hexenmeister darin gewohnt hatten. Ihre spitzen Giebel waren gekrümmt und neigten sich einander zu über die engen, mit Kopfsteinen gepflasterten Gassen hinweg, die alle einen Hügel hinaufführten. Die Mitte der Stadt bildete ein ansehnlicher Marktplatz, an dessen einer Seite das prächtige, mit einem Glockenturm gekrönte Rathaus stand, während sich an der anderen Seite ein stolzer, funkelnagelneuer Bau erhob, die Stadthalle von Mageia, in der die Zauberkünstler häufig Vorstellungen gaben, sich gegenseitig ihre neuesten Tricks vorführten und alljährlich einen Wettbewerb veranstalteten, bei dem neue Mitglieder für die Gilde der Zaubermeister ausgewählt wurden.

Denn wenn auch jeder echte Illusionist in Mageia leben durfte, so gelangten doch nur die bedeutendsten in diese exklusive Gilde. Die Zaubermeister bildeten die Elite der Stadt, und von mehr als hundert Kandidaten wurden alljährlich nur drei aufgenommen. Natürlich hatte ein Künstler größere berufliche Chancen, wenn er Mitglied der Gilde war, und daher versetzten diese Wettbewerbe die Stadt immer wieder in große Spannung und Aufregung.

In den Läden am Marktplatz wurden nur Dinge verkauft, die irgendwie mit Zauberei zu tun hatten: Apparate jeder Art, Kostüme, Requisiten und Bücher, in denen alle möglichen Tricks genau beschrieben waren.

Was aber dieser faszinierenden Stadt erst so richtig Leben, Farbe und Bewegung gab, das waren die Einwohner, die an Adam und Mopsy vorüberfluteten. Die meisten trugen den traditionellen Abendanzug: schwarzer Frack, Zylinder und weiße Krawatte, ergänzt durch einen mit roter oder cremefarbener Seide gefütterten Umhang. Viele hatten, wie man es von einem Zauberer erwartet, einen kleinen schwarzen Spitzbart oder einen Schnurrbart mit gezwirbelten Spitzen oder beides. Manche hielten in der weißbehandschuhten Hand einen prächtigen Ebenholzstock mit Goldknauf, andere einen Zauberstab mit Elfenbeinspitze.

Es gab aber auch Zauberer, die noch eindrucksvoller kostümiert waren: die orientalischen Typen, die angeblich aus dem geheimnisvollen Morgenland stammten. Man sah sie in farbenprächtigen Gewändern einherstolzieren. Die Chinesen trugen brokatgeschmückte Mandarinroben mit weiten Ärmeln, schachtelförmige schwarze Seidenkappen und lange Zöpfe; man sah indische Magier in schneeweiße, golddurchwirkte Stoffe gehüllt, die Köpfe mit roten, grünen, blauen oder schwarzen Turbanen umwickelt; arabische Geisterbeschwörer in cremefarbenen Wollmänteln und mit wallendem Kopfputz; türkische Adepten, die zu ihren Pluderhosen rote Fese mit schwarzen Troddeln trugen, und japanische Taschenspieler in farbenfrohen, bestickten Kimonos.

Die Frauen und Kinder waren ebenso bunt und gefällig angezogen wie die Männer. Die Knaben sahen wie Miniaturausgaben ihrer Väter aus; die Frauen und Mädchen trugen die Tracht der Zaubergehilfinnen. Diejenigen, die mit den Magiern des Ostens zusammenarbeiteten, waren in helle orientalische Gewänder gekleidet: die Inderinnen in Saris, die Chinesinnen in bestickte Seidenhosen und Tschiongsams, die Araberinnen in lockere, an den Fesseln gebauschte Hosen aus Flor und enganliegende Jäckchen, die mit Gold- und Silberfäden durchwirkt waren.

Das Standardkostüm der abendländischen Assistentinnen bestand aus langen Trikots mit kurzen Rüschenröckchen und bestickten oder flitterbesetzten Leibchen in allen Farben des Regenbogens; dazu wurden kurze Umhänge getragen, die den Mädchen um die Schultern flatterten.

Dieses Schauspiel bewunderten Adam und Mopsy, während sich das Stadttor geräuschlos hinter ihnen schloß. Adam sperrte Mund und Nase auf. Sogar Mopsy verschlug es die Sprache, und er schüttelte die Haare über seinen Augen ein wenig beiseite, um besser sehen zu können.

«Da staunen Sie, nicht wahr?» fragte der Torhüter.

«Ja, wirklich», antwortete Adam. «Wie komme ich nun zum Rathaus?»

Der alte Pförtner beschrieb ihm den Weg, aber seine weitschweifigen Erklärungen waren recht verworren. «Die erste Querstraße den Hügel hinauf und links am Brunnen vorbei, rechts ist ein Zauberartikel-Geschäft, dann biegen Sie hinter dem Haus mit den fünf Giebeln zweimal nach links und dreimal nach rechts ab», und so weiter und so fort.

Adam und Mopsy machten sich auf den Weg. Bemüht, den Anweisungen zu folgen, waren sie bald in dem festlich heiteren Gedränge untergetaucht. Die ganze Stadt mit ihren bunten Fahnen und Wimpeln summte, brodelte und schäumte über vor Zauberei. Nicht nur, daß man unablässig davon sprach, daran dachte, man übte diese Kunst auch auf Schritt und Tritt aus. Offenbar war es unmöglich, daß sich zwei Zauberkünstler auf der Straße trafen, ohne ein bißchen Taschenspielerei oder einen neuen Trick vorzuführen.

Adam sah, wie zwei Herren ihre Zylinderhüte zogen und sich gravitätisch voreinander verneigten. Der eine griff in seinen Hut, holte ein lebendes weißes Kaninchen heraus und übergab es dem Kollegen, der sich unverzüglich revanchierte, indem er seinem Hut ein hübsches

Hühnchen als Gegengeschenk entnahm. Sie verstauten die Tiere irgendwo, plauderten eine Weile und gingen weiter.

«Nicht schlecht», meinte Adam.

«Ach, ich weiß nicht», sagte Mopsy. «Du kannst bessere Sachen.»

Zwei andere Herren blieben stehen und begrüßten sich. «Rauchen Sie?» fragte der eine.

«Ja, gern», sagte der andere.

«Zigarre? Zigarette? Pfeife?»

«Das überlasse ich Ihnen.»

Der erste Zauberer machte eine kurze Handbewegung, so schnell, daß man sie kaum wahrnahm, und siehe da, er hielt zwischen den Fingern eine brennende Zigarette, die er seinem Bekannten reichte. «Ihre Sorte, nicht wahr?»

«Ganz recht. Sehr freundlich von Ihnen.»

An den Straßenecken bildeten sich kleine Gruppen, wenn Kartenkünstler die Leute aufforderten, eine Karte zu ziehen. Wollte sich jemand die Nase putzen, so holte er nicht einfach ein Schnupftuch aus der Tasche, sondern brachte gleich ein Dutzend Tücher in allen Farben des Regenbogens zum Vorschein.

Selbst die kleinen Kinder hatten keine Puppen oder Teddybären im Arm und zogen auch keine Spielzeug-Wägelchen hinter sich her, sondern sie spielten und übten unaufhörlich mit bunten Schachteln, die ineinandersteckten, mit Schnüren, Fähnchen, Münzen, Seidenfetzen und Papiertüten, und die Luft hallte wider von ihren Rufen: «Sieh mal her!» – «Paß auf!» – «Schau, was ich kann!» – «Hast du das gesehen?» oder «Komm, ich will dir was zeigen!»

Die neue Umgebung und die vielen seltsamen, faszinierenden Menschen brachten Adam so durcheinander, daß er die Weisungen des Torhüters völlig vergaß. Bald irrten Mopsy und er durch ein Labyrinth von engen Gassen mit altersgekrümmten Häusern, und niemand war da, den sie nach dem Weg hätten fragen können. Dieser Teil der Stadt schien völlig menschenleer zu sein.

An der nächsten Ecke wußte Adam einfach nicht mehr weiter. In seiner Ratlosigkeit warf er eine Münze in die Luft, und als sie mit ‹Kopf› herunterfiel, wandte er sich nach links. Er kam an einem offenen Fenster vorbei, und drinnen im Zimmer sah er ein kleines braunhaariges Mädchen auf dem Boden sitzen. Sie weinte bitterlich, aber das bemerkte er nicht.

3

Jane

Ein einziges Kind in Mageia, ein Mädchen, war nicht in der sorglos glücklichen, festlich gestimmten Menge zu finden, obgleich gerade sie hätte dabeisein müssen, denn sie war die Tochter des Großen Robert, des Bürgermeisters von Mageia, Oberzauberers und Vorstehers der Zaubermeistergilde. Sie hieß Jane und war elfeinhalb Jahre alt.

Die klangvollen Titel des Großen Robert wiesen ihn als eine wichtige Persönlichkeit aus, aber sie verrieten nicht, daß er zu Hause keineswegs der beste aller Väter war.

Was sein Äußeres betraf, so war er ein hochgewachsener, stattlicher Mann mit allzu bereitem Lächeln und Händedruck und durchdringendem Blick, ein Mann, dessen einschmeichelndes Wesen die meisten Leute unwiderstehlich fanden. Er war ein hervorragender Magier, und wahrscheinlich verstand niemand in der Stadt mehr von Bühnenzauberei als er, ausgenommen vielleicht der alte Professor Alexander, der fast neunzig, aber noch immer tätig war. Das Bild, das der Große Robert der Öffentlichkeit bot und mit dem er die Stimmen der Wähler gewann, war jedoch recht verschieden von dem, das seine Familie sich von ihm machte.

An diesem Tag war der häusliche Frieden wieder einmal empfindlich gestört. Der Große Robert hatte nämlich als Oberhaupt von Mageia politischen Ärger mit einer Clique, die von einem Zauberer namens Malvolio der Mächtige angeführt wurde. Malvolio versuchte still, aber geschickt alles zu tun, damit Robert seines Postens enthoben und er selbst zum Bürgermeister gewählt würde.

Man wußte, daß Malvolio bereits vier Mitglieder des Rates der Dreizehn auf seine Seite gebracht hatte. Von den übrigen Ratsherren waren die meisten mit ihrem Bürgermeister durchaus zufrieden, doch konnten schon zwei oder drei Schwankende den Sturz des Großen Robert bewirken, und Malvolio gab sich die größte Mühe, ihn schlechtzumachen. Alles, was Robert befürwortete, stieß bei Malvolio auf Widerspruch. Ständig nörgelte er, kritisierte und fand Fehler. Und das ging dem Bürgermeister, der stolz auf sein Amt war, gewaltig auf die Nerven.

Nach außen ließ er sich freilich nichts anmerken. Er blieb der Große Robert mit seinem allzu jovialen Lächeln, Händeschütteln und Schulterklopfen; zu Hause jedoch trug seine gereizte Stimmung dazu bei, eine

Situation zu verschlimmern, die aus Jane bereits ein unglückliches und einsames Kind gemacht hatte. Denn nicht nur der Vater, sondern auch die Mutter bevorzugten stets Janes fünfzehnjährigen Bruder Peter, dem sie prophezeiten, er würde eines Tages der größte Zauberer der Welt werden.

Immer wurde nur Peter gelobt: wie hübsch, wie geschickt, wie begabt er war, was für ausgezeichnete Manieren er hatte, was für eine glänzende Zukunft vor ihm lag. Jane hingegen bekam ständig zu hören, sie sei häßlich, ungeschickt, tolpatschig und dumm.

Dabei war sie gar nicht tolpatschig; sie war sogar ein recht graziöses Mädchen. Sie war auch nicht dumm, sondern viel gescheiter als ihr Bruder, der zwar einen Taler verschwinden lassen konnte, um ihn dann jemandem aus dem Ohr zu ziehen, der aber ein schlechter Rechner war und sehr zur Vergeßlichkeit neigte. Und häßlich konnte man Jane bestimmt nicht nennen. Sie war zwar keine aufregende Schönheit, aber recht erfreulich anzusehen mit ihrem dunklen kastanienbraunen Haar, den großen braunen Augen, der zierlichen Nase und einem Mund, der sich viel lieber zum Lachen als zum Weinen verzog – nur hatte Jane leider mehr Grund zum Weinen als zum Lachen.

Wenn einem allerdings immer wieder gesagt wird, daß man ungeschickt, häßlich und nicht sehr gescheit ist, dann neigt man dazu, über nicht vorhandene Gegenstände zu stolpern, auf Fragen aller Art blöde oder gar keine Antworten zu geben und Spiegel oder Schaufensterscheiben zu meiden, weil man sich selbst nicht sehen mag. Genau diese Wirkung hatte nachgerade das Verhalten der Eltern auf Jane, und hinzu kam noch, daß sie nichts sehnlicher wünschte, als eine Zauberkünstlerin zu werden.

Aber ein weiblicher Magier – wo gab es denn so etwas? Nur die Knaben wurden von Kind auf darin geschult, Dinge verschwinden zu lassen, Kartenkunststücke zu machen, Handgelenke und Finger mit Blitzesschnelle zu bewegen – so geschwind, daß kein Auge folgen konnte –, und nur die Knaben erbten die Tricks und die Schaunummern ihrer Väter. Mädchen waren lediglich als Assistentinnen zu gebrauchen; das Zaubern blieb den Männern vorbehalten.

«Dienstmädchen sind wir, weiter nichts», sagte sich Jane voller Bitterkeit. «Wir dürfen die Requisiten holen und mit einfältiger Miene zusehen, wie die Männer den Applaus entgegennehmen und sich dankend verbeugen . . .» Vielleicht war dies der Grund, weshalb Jane gar nicht erst versuchte, eine gute Assistentin zu werden, so daß sie sich die Verachtung ihrer Eltern zuzog und von ihrem Bruder Peter nichts als unfreundliche Worte und Sticheleien hörte.

Infolgedessen herrschte im Hause des Großen Robert meistens Unfrieden. Immer wenn der Oberzauberer seiner Tochter beibringen wollte, ihrem Bruder fachgerecht zu assistieren, gab es ein Fiasko, und da in einem fort behauptet wurde, Jane sei ungeschickt und stümperhaft, so war sie es am Ende wirklich, brachte ein falsches Requisit, stolperte über einen versteckten Draht oder mußte plötzlich kichern und verdarb dadurch die Wirkung von Peters Trick. Dann schrie er sie wütend an und sagte, sie täte es mit Absicht.

Oft, wenn er in Wut geriet, kniff er sie in die Nase, und sie revanchierte sich, indem sie ihn an den Haaren zog. Daraufhin schlug er sie, erhielt einen Tritt dafür, und dann war der Krach da. Die Eltern regten sich auf, die Strafe folgte unverzüglich. Und immer war es Jane, die bestraft wurde: Sie mußte ohne Abendbrot schlafen gehen, oder einen Tag lang sprach niemand mit ihr. Peter dagegen kam stets glimpflich davon, denn er war ja von seiner dummen, unbeherrschten Schwester gereizt worden.

Auch an diesem Morgen hatte es Streit gegeben. Am Abend zuvor waren die Stadträte zusammengekommen, die gleichzeitig als Preisrichter für den Aufnahmewettbewerb der Zauberkünstler fungierten, und Malvolio hatte sich besonders unangenehm und boshaft gezeigt. Daraufhin war der Große Robert mit dem linken Fuß zuerst aufgestanden, hatte sehr schlechte Laune und mit seiner Tochter noch weniger Geduld als sonst. Und während er, Frau Robert und Peter ausgingen, um sich unter das fröhliche Volk auf dem Marktplatz zu mischen, mußte Jane hinter Schloß und Riegel in ihrem Zimmer sitzen, das zu ebener Erde lag und auf ein schmales, mit Kopfsteinen gepflastertes Gäßchen hinausging.

Sie war unglücklich und einsam, aber sie bemitleidete sich nicht. Das war nicht ihre Art. Sie war einsam, weil ihr niemand Gesellschaft leistete, und unglücklich, weil sie allmählich nicht nur glaubte, was ihre Eltern über sie sagten, sondern auch, daß aus ihr nie eine Zauberkünstlerin werden würde. Tolpatschige, dumme und häßliche Menschen konnten nicht hoffen, eines Tages auf der Bühne zu stehen und anmutig, hübsch und geschickt zu sein.

Nun, da sie allein war und niemand ihr zusah, holte Jane die kleinen roten Gummibälle und die Halbschale hervor, die sie heimlich aus Peters Zimmer stibitzt hatte. Sie probte die Nummer mit den sich vervielfachenden Bällen, bei der sie Peter so oft zugeschaut hatte. Zuerst tauchte ein Ball zwischen den Fingern der ausgestreckten Hand auf, dann ein zweiter, ein dritter und vierter, die alle aus dem Nichts zu kommen schienen. Das Geheimnis des Tricks war natürlich, daß die Halbschale auch wie ein Ball aussah.

Aber bei Jane wollte es nicht gelingen. Nichts klappte an diesem Tag; immer wieder fielen ihr die Bälle aus der Hand, rollten unter den Schrank oder hinter das Sofa, als hätten sie es darauf abgesehen, Jane zu ärgern.

Schließlich setzte sie sich auf den Boden und brach vor Verzweiflung in Tränen aus. Nicht, daß sie ungeschickt war, häßlich und was man ihr sonst noch nachsagte, sie beherrschte nicht einmal die einfachste Fingerarbeit, die ihrem Bruder keinerlei Mühe machte.

Jane war völlig mutlos und nahe daran, zu kapitulieren, was eigentlich ganz gegen ihre Natur war. Sie konnte ja nicht wissen, daß gerade jetzt ein fremder Mann um die Ecke bog und daß er im nächsten Augenblick vor ihrem Fenster erscheinen würde, ein Fremder, dessen Ankunft ihr Leben aufs ungewöhnlichste verändern sollte.

4

Adam findet eine Assistentin

«Ach, bitte ...» begann Adam und verstummte, als er sah, daß Jane in Tränen schwamm und daß sich rechts und links von ihr zwei kleine Pfützen auf dem Boden gebildet hatten. «O Verzeihung. Ich habe nicht bemerkt, daß du weinst, sonst hätte ich nicht gestört. Hast du Kummer? Kann ich dir irgendwie helfen?»

Jane war so überrascht vom Anblick des fremden Mannes (Mopsy befand sich unterhalb des Fenstersimses und war daher außer Sicht), daß ihre Tränen versiegten. Sie überlegte, was sie antworten sollte. «Mir fehlt eigentlich nichts», sagte sie schließlich. «Ich bin hier nur eingeschlossen und muß den ganzen Tag zu Hause bleiben, weil es heißt, ich sei ungezogen gewesen.»

«Aha», sagte Adam. «Warst du denn ungezogen?»

«Ich glaube schon», erwiderte Jane. «Papa war nämlich sehr böse auf mich. Es fing damit an, daß ich versuchte, Peter zu helfen – Peter ist mein großer Bruder –, und er meinte, ich könnte höchstens einem Schwein assistieren. Und weil ich sagte, genau das täte ich ja, hat er mich gekniffen, als niemand es sah. Da mußte ich ihn natürlich kratzen, und *das* haben sie gesehen, und dann ...»

«Ich verstehe», sagte Adam, und Jane hatte das seltsame Gefühl, dieser so unversehens aufgetauchte junge Mann verstehe tatsächlich alles, obwohl er ja nichts Näheres wissen konnte. Er blickte jetzt nach unten und sagte: «Wie meinst du, Mopsy?»

«Mit wem reden Sie da?» fragte Jane.

«Mit Mopsy, meinem sprechenden Hund. Wir haben uns verlaufen, und ich dachte, du könntest uns vielleicht den Weg zum Rathaus zeigen.»

Jane sprang auf. Tränen und Kummer waren vergessen. «Ein sprechender Hund! Wo ist er?» Sie trat ans Fenster.

«Heb mich hoch», bat Mopsy. «Ich möchte sie auch sehen.»

«Ach», rief Jane, «wie niedlich! Darf ich ihn auf den Arm nehmen?»

«Erlaube es ihr», sagte Mopsy. «Sie ist unglücklich. Ich will ihr einen Kuß geben.»

Adam bückte sich, hob den Hund auf und reichte ihn Jane, die ihn liebevoll an sich drückte. Durch den Haarvorhang schob sich eine kleine rosa Zunge und beleckte zart die Nasenspitze des Mädchens.

«Ich mag sie ganz entschieden gern», sagte Mopsy. «Dieser Bruder muß ja ein Scheusal sein.»

«Ach, du Süßer!» rief Jane. Und zu dem Fremden gewandt: «Wann spricht er denn?»

«Aber er spricht ja schon immerzu», erwiderte Adam. «Er hat gesagt, daß du unglücklich zu sein scheinst, daß er dir einen Kuß geben will und daß er dich ganz entschieden gern hat.» Die Äußerung über den Bruder ließ er weg.

Jane sah ihn zweifelnd an. «Ich habe kein Wort von ihm gehört.»

«Aber ich.»

Jane hielt den Hund einen Augenblick auf Armeslänge von sich ab und flüsterte: «Ach, Mopsy, ich hab dich lieb!»

Mopsy zappelte vor Freude, jaulte beglückt, wedelte mit dem seidigen Schwanz und antwortete: «Ich hab dich auch lieb.»

«Hast du's gehört?» fragte Adam. «Er sagt, daß er dich auch lieb hat. Erstaunlich! So schnell hat er sich noch nie mit jemandem angefreundet. Du mußt besonders nett sein.»

«Wirklich?» Wieder glitzerten Tränen in Janes Augen, denn es war das erste Mal, daß man gut von ihr sprach. «Meint er es ehrlich?» Sie drückte Mopsy noch einmal an sich und wurde von ihm aufs Ohrläppchen geküßt.

«Sie braucht Liebe», sagte Mopsy und setzte seine Zärtlichkeiten fort.

Jane war entzückt. Sie hatte noch nie ein Tier zum Spielen und Streicheln gehabt – die Kanarienvögel, Tauben und Kaninchen, die es in Mageia gab, wurden alle für Zaubertricks gebraucht und waren entsprechend abgerichtet. Und nun war auf einmal ein fremder Hund ganz närrisch nach ihr, noch dazu einer, der sprechen konnte!

Erst jetzt sah sie sich den Mann vor ihrem Fenster genauer an, und noch mehr als seine ungewöhnliche Kleidung beeindruckten sie die strahlenden Augen, die lange, lustig aussehende Nase und der breite Mund, dessen Lächeln das ganze Gesicht überzog, so daß sich die Augen in kleinen Fältchen an den Winkeln verloren. In seinem bestaubten Lederwams, mit der kecken Federkappe auf dem kupferroten Haar, mit Wanderstab und Rucksack ähnelte er niemandem, den Jane kannte. Aber sie hatte das Gefühl, er sei ihr seit langem vertraut.

«Wer sind Sie?» fragte sie.

«Ich heiße Adam.»

«Und weiter?»

«Nichts weiter. Bloß Adam.»

«Sind Sie Zauberkünstler? Ach, natürlich sind Sie einer, sonst wären Sie ja nicht hier. Sind Sie zum Wettbewerb gekommen?»

«Ja.»

«Aber dann müßten Sie sich doch ‹Adam-Soundso› nennen, zum Beispiel ‹Adam der Glorreiche› oder ‹der Großartige› oder ‹der Fabelhafte›.»

«Ich fürchte, ich bin nichts dergleichen», sagte Adam.

«Was für ein Zauberer sind Sie denn?»

«Nur ein ganz, ganz einfacher. Ich bin in keiner Weise bedeutend, wirklich nicht.»

Die ernsten Augen, in denen noch immer Tränen schimmerten, musterten ihn von Kopf bis Fuß. «Sie tragen aber komische Sachen», meinte sie.

«Na, was das betrifft», warf Mopsy ein, «so sind deine auch sehr komisch.» Darüber mußte Adam unwillkürlich lachen.

«Was hat das Engelchen gesagt?» fragte Jane und hielt Mopsy hoch, um ihn besser sehen zu können.

«Er meinte, deine Kleidung sei auch nicht gerade alltäglich», erklärte Adam.

Jane zupfte an ihrem Rock und strich das glitzernde Mieder glatt. «Das ist die vorgeschriebene Tracht für alle Assistentinnen der Zauberer von Mageia. Wir tragen nie etwas anderes. Allerdings will ich gar keine Assistentin sein, ich möchte Zauberkünstlerin werden. Aber mein Vater erlaubt es nicht.»

«Wer ist dein Vater?» fragte Adam.

«Mein Vater ist der Große Robert, Oberzauberer und Bürgermeister von Mageia. Und ich heiße Jane. Er sagt, ich kann keine Zauberin werden, weil es das für Mädchen nicht gibt. Aber ich möchte doch so gern. Soll ich Ihnen ein Zauberkunststück vorführen?»

«O ja, bitte», sagte Adam.

«Hier, halten Sie Mopsy einen Augenblick», rief Jane. Adam nahm den Hund und setzte ihn auf das Fensterbrett, wo er sich zufrieden ausstreckte. Jane lief zu einer Kommode und zog die oberste Schublade auf. Sie holte ein Taschentuch heraus und einen Gegenstand, der eine leere Röhre zu sein schien. Dann stellte sie sich in die Mitte des Zimmers und begann, mit halbgeschlossenen Augen im Tonfall des berufsmäßigen Zauberkünstlers zu sprechen:

«Hier habe ich eine leere Röhre. Ich werde sie Ihnen zeigen, und es steht Ihnen frei, sie genau zu prüfen. Bitte sehr, es ist nichts darin; man kann hindurchschauen.»

«Wir wollen einen Blick hineinwerfen», sagte Mopsy.

Adam nahm die Röhre und hielt sie auch seinem Hund vor das Auge.

«Gut», entschied Mopsy. «Alles in Ordnung.»

Adam gab sie zurück. «Ich habe mich überzeugt, daß sie leer ist», bestätigte er.

«Jetzt», fuhr Jane fort, «nehme ich dieses ganz gewöhnliche weiße Taschentuch – Sie können es untersuchen, wenn Sie wollen, aber ich schwöre Ihnen, daß Sie nichts finden werden – und steckte es in die Röhre. So. Und nun, hokuspokus-fidibus, geben Sie acht, was herauskommt!» Sie ließ die Röhre mit erstaunlicher Geschwindigkeit in ihren Händen herumwirbeln und zog ungefähr ein Dutzend aneinandergeknotete bunte Tücher heraus, jedes in einer anderen Farbe; das letzte war die Nationalflagge von Mageia, eine Trikolore in Gold, Blau und Silber, die sie mit einer eleganten Verbeugung schwenkte.

«Oh, das ist ausgezeichnet!» rief Adam.

«Nicht schlecht», sagte Mopsy.

Jane lachte beglückt. «Hat es Ihnen wirklich gefallen? Ach, wie mich das freut! Jetzt sind Sie an der Reihe. Zaubern Sie auch etwas.»

«Ich glaube kaum, daß ich es so gut kann wie du, aber ich will es versuchen», erwiderte Adam.

Das unschuldige Kindergesicht schaute ihn gespannt an, und die funkelnden Augen verfolgten jede seiner Bewegungen. Er hob den Stab, auf den er sich gestützt hatte – ein Eichenknüppel, sorgsam abgeschält und poliert, sein treuer Gefährte auf der langen Wanderung über Berg und Tal –, ließ die rechte Hand über das glatte Holz gleiten und reichte dem Mädchen eine langstielige weiße Rose, die plötzlich zwischen seinen Fingern erschien. «Bitte sehr», sagte er, «die ist für dich.»

Mit einem Schrei des Entzückens nahm Jane die Blume. «Ach, wie wunderschön! Und dieser herrliche Duft!» Doch dann blickte sie betroffen auf und rief: «Sie ist ja echt!»

«Natürlich», sagte Adam.

«Nicht übel», murmelte Mopsy.

«Aber das ist doch unmöglich!» Jane strich mit einem Finger über die zarte Blüte. «Und da ist auch ein Tautropfen – wie eine Träne.» Sie drückte die samtigen Rosenblätter an ihre Wange und atmete den Duft ein; dann gab sie Adam die Blume mit zweifelnder Miene zurück und sagte: «Hier, nehmen Sie. Diese Rose ist mir unheimlich.»

«Warum denn, Jane? Was soll daran unheimlich sein? Aber wenn es dich ängstigt ...» Er bewegte die Hand, die Rose verschwand, und nur der Stab war noch da.

«Saubere Arbeit», sagte Mopsy.

«Ach», rief Jane, und jetzt klang Trauer aus ihrer Stimme, «nun ist sie fort – und ich habe sie so geliebt! In Mageia gibt es nämlich keine echten Blumen. Unsere sind alle künstlich. Das war's, was mich erschreckt hat. Woher stammt die Rose? Wie sind Sie zu ihr gekommen?»

«Durch Zauberei», antwortete Adam.

«Reden Sie keinen Unsinn. Zeigen Sie mal den Stock her.»

Adam gab ihn ihr, und sie untersuchte ihn sehr genau, tastete fachmännisch Zoll für Zoll nach den Federn, Klappen oder Scharnieren irgendeines Geheimfachs ab, in dem die Rose hätte verborgen sein können.

«Haha! Da wirst du nichts finden», bemerkte Mopsy.

«Sei still», befahl Adam.

Jane hatte ihre Untersuchung beendet, und als sie den Kopf hob, standen ihr wieder Tränen in den Augen, diesmal aber Zornestränen, und ihre Wangen waren gerötet. «Wenn Sie mir nicht sofort zeigen, wie Sie es gemacht haben», sagte sie, «dann spreche ich kein Wort mehr mit Ihnen.»

«Aber begreifst du denn nicht, daß da nichts zu zeigen ist?» fragte Adam. «Darin besteht ja gerade die Zauberei.»

«Ach, Sie sind gräßlich!» empörte sich Jane. «Es gibt doch keine echte Zauberei.»

«Jede Zauberei ist echt», sagte Adam ernst. «War deine es etwa nicht?»

Jane zuckte bei dieser Frage ein wenig zusammen und wußte nicht gleich, was sie sagen sollte. Aus Adams Augen und seinen Gesichtszügen sprach jedoch eine solche Einsamkeit, daß ihr Ärger plötzlich verflog. «Ach, Herr Adam, entschuldigen Sie bitte. Es tut mir leid, daß ich unhöflich war. Deshalb finden mich wohl auch alle Leute so garstig. Aber es liegt nur daran, daß ich gern lernen möchte, eine richtige Zau . . .»

«Du bist kein bißchen garstig», unterbrach Adam. «Sonst hätte Mopsy dich ja nicht lieb, und wie ich sehe, ist er ganz verrückt nach dir. Hör mal, Jane, mir fällt da gerade etwas ein. Der alte Mann am Tor, der uns in die Stadt ließ, sagte mir, daß ich an dem Wettbewerb nur teilnehmen dürfte, wenn ich eine Assistentin hätte. Möchtest du mir vielleicht helfen? Was hältst du davon?»

«Adam, du bist ein Genie», sagte Mopsy. «Ich hatte gerade denselben Gedanken.»

«Dann ist es also einstimmig beschlossen.»

«Ihre Assistentin?» flüsterte Jane entzückt, und ihre Augen begannen zu leuchten. «Würden Sie mich wirklich nehmen? Glauben Sie, daß ich es könnte? Ach du lieber Himmel, ich würde Ihnen bestimmt alles verpatzen, denn Mama und Papa und Peter sagen doch immer, daß ich ungeschickt und tolpatschig bin und über meine eigenen Füße stolpere und alles falsch mache. Außerdem bin ich gar nicht hübsch und graziös, und gerade das müssen Assistentinnen von Zauberkünstlern sein.»

Adams Augen verschwanden wieder in den Fältchen, als er das Mädchen lächelnd ansah. «Davon glaube ich kein Wort, Jane», sagte er, «und ich wäre sehr stolz, wenn ich dich zur Assistentin bekäme.»

«Ach, Herr Adam, etwas Besseres könnte ich mir ja gar nicht wünschen, und ich würde schrecklich aufpassen, daß ich nichts verpatze.»

«Gut, dann ist es also abgemacht.»

«Eine sehr gute Abmachung», lobte Mopsy.

«Es war ja nicht nur meine, sondern auch Mopsys Idee», sagte Adam, hob den Hund vom Fensterbrett und setzte ihn auf die Straße. «Komm jetzt, du kannst uns gleich den Weg zum Rathaus zeigen.»

Jane schlug plötzlich die Hände vor das Gesicht und begann zu schluchzen. «Das geht nicht», stieß sie hervor. «Verstehen Sie, ich bin doch eingesperrt worden, weil ich ungezogen war und Strafe verdient habe.»

Adam wirkte nachdenklich. «Hm, ich erinnere mich. Sag mal, tut es dir leid, daß du deinen Bruder gekratzt hast?»

«Recht ist ihm geschehen», rief Mopsy dazwischen. «Ich hätte es nicht anders gemacht.»

«Mopsy, sei ruhig! Nun, Jane, wie ist's?»

«Ein bißchen leid tut es mir schon. Wenn es Peter leid täte, daß er mich gekniffen hat . . . Aber das käme bei dem nicht in Frage.»

«Könntest du nicht wenigstens dieses einemal versuchen, daß es dir leid tut?»

Jane stützte das Kinn in die Fäuste und dachte angestrengt nach. «Ich glaube, ich schaffe es.» Und zu ihrer eigenen Überraschung stellte sie fest: «Ja, jetzt tut es mir wirklich leid.»

«Ausgezeichnet», sagte Adam. «Damit dürfte die Strafe beendet sein.»

«Aber meine Eltern? Sie werden wütend sein, wenn ich einfach weglaufe. Ach, ich möchte so gern Ihre Assistentin werden!»

«Überlaß das nur mir», meinte Adam. «Können wir gehen?»

«Ja . . . nein, ich kann nicht. Ich bin eingeschlossen, und Papa hat den Schlüssel.»

Adam schulterte seinen Rucksack und griff nach dem Wanderstab.

«Versuch's durch das Fenster», sagte er lächelnd. «Wenn Mopsy hineingekommen ist, kommst du auch hinaus.»

«An was du nicht alles denkst, Adam!» rief der Hund bewundernd.

Zaghaft stieg Jane auf das Fensterbrett. Adam streckte ihr die Hand hin. Mopsy hüpfte wie ein Gummiball auf und ab, bellte laut und riß sich vor Aufregung beinahe in Stücke. Im nächsten Augenblick stand das Mädchen neben ihnen.

«War doch kinderleicht», sagte Adam. «Nun aber los!»

Und während Mopsy begeistert um sie herumsprang, gingen die beiden die Straße entlang.

5

Beim Stadtschreiber

An einer der Türen im Rathaus befand sich ein Schild mit der Aufschrift: *Stadtschreiber. Bitte klopfen.* Das tat Adam, der die verängstigte Jane noch immer fest an der Hand hielt.

Eine hohe, quiekende Stimme rief von drinnen: «Herein, herein», und als sie eintraten, sah Adam hinter einem Schreibtisch einen ungeheuer dicken Mann sitzen. Die Locken auf seinem Schädel sahen aus wie gedrechselt und hätten eine Perücke sein können, und er hatte unnatürlich weiße Zähne in einem runden, roten, nicht gerade sympathischen Gesicht. Wie die meisten Männer in Mageia trug er einen Frack mit weißer Binde, doch sein Leibesumfang ließ befürchten, er werde im nächsten Augenblick aus dem Anzug platzen. Eine kleine Metalltafel auf dem Schreibtisch verkündete: FUSSMER DER FABELHAFTE. STADTSCHREIBER.

Jane setzte sich sofort auf einen Stuhl in der dunkelsten Ecke, und so fiel des Stadtschreibers erster Blick auf Adam, der in seiner abgetragenen und verstaubten Kleidung vor ihm stand.

«Lieferanten benutzen den Hintereingang», piepste er. Es war merkwürdig, daß aus einem solchen Koloß von Mann ein so dünnes Stimmchen kam, aber so war es nun einmal. Nach einem zweiten Blick auf den Fremden piepste er noch strenger: «Betteln ist hier verboten – also raus mit Ihnen.» Und als er über den Schreibtisch hinweg Mopsy entdeckte, fügte er hinzu: «Hunde haben hier auch nichts zu suchen.»

«Aber ich bin kein Lieferant und auch kein Bettler, mein Herr», sagte Adam in höflichem Ton. «Ich bin Zauberkünstler, und das hier ist Mopsy, mein sprechender Hund. Ich möchte mich zu den Aufnahmeprüfungen für die Gilde der Zaubermeister anmelden.»

«Was ist dir denn über die Leber gelaufen, alter Dickwanst?» murmelte Mopsy. «Bist wohl mit dem linken Fuß zuerst aufgestanden.»

«Mopsy, bitte! Sei nicht ungezogen.»

«Warum darf er ungezogen sein und ich nicht?» erkundigte sich Mopsy.

Diese Frage blieb unbeantwortet, denn Adam konnte ja nicht wissen, weshalb Fussmer so unhöflich und gereizt war. Die meisten Zauberer, die in Mageia wohnten, waren gutmütig und kameradschaftlich, immer gern bereit, einen jungen Kollegen in seiner beruflichen Laufbahn zu fördern, aber Fussmer bildete leider eine Ausnahme. Er machte sich geradezu ein Vergnügen daraus, sein Amt als Stadtschreiber zu mißbrauchen, indem er strebsame Anfänger einschüchterte und ihnen Angst einjagte. Außerdem war er von Natur mißgünstig und hoffte, sie würden bei der Prüfung durchfallen. Und zu den schlechtesten Charaktereigenschaften dieses Grobians gehörte, daß er ein Feigling und Speichellecker war, der sich immer auf die Seite des Erfolgreichen schlug.

«Hmm», machte er. «Dann haben Sie es gerade noch geschafft. Gleich ist nämlich Meldeschluß. Sie sind vermutlich einer von diesen Ventriloquisten, die mit dem Kehlkopf reden, ohne die Lippen zu bewegen, so daß man glaubt, ein anderer habe gesprochen.»

Er bewegte die rechte Hand dicht über dem Tisch. Ein Federhalter erschien zwischen seinen Fingern, verschwand, kam wieder, und dann waren zwei da, dann drei, dann keiner, bis schließlich ein Federhalter in seiner Hand blieb. Adam schaute wie gebannt zu. Auf ähnliche Weise gestikulierte Fussmer mit der linken Hand und legte – scheinbar aus der Luft gegriffen – einen langen Fragebogen vor sich hin, *Formular C 3*, für die Kandidaten des Aufnahmewettbewerbs bestimmt.

«Nicht schlecht, wie?» fragte er. «Wenn Sie auch so arbeiten können, haben Sie vielleicht eine Chance.»

«Angeber!» knurrte Mopsy.

«Still», wies ihn Adam zurecht.

«Was ist da los?» wollte Fussmer wissen.

«Mein Hund sagte, Sie seien wirklich fabelhaft», erwiderte Adam.

«Das finden alle, und es stimmt auch», brüstete sich Fussmer. «Also ...» Er hielt mit listigem Grinsen die Feder über das Papier, denn er war sicher, daß es unter den Aufnahmebedingungen mindestens ein halbes Dutzend Fallstricke gab, in denen sich dieser Nachzügler verfangen würde. Er hatte aus irgendeinem Grund eine Abneigung gegen Adam gefaßt und wollte ihm möglichst viele Hindernisse in den Weg legen. «Ihr Name?»

«Adam.»

«Zuname?»

«Ich habe keinen.»

«Was soll das heißen? Lächerlich! Wie hießen denn Ihre Eltern?»

«Ich weiß es nicht», antwortete Adam. «Ich habe sie nicht gekannt.»

Der Stadtschreiber rümpfte die Nase. «Klingt ja sehr wahrscheinlich. Also gut, woher kommen Sie?»

«Aus Glimour, von der anderen Seite der Straen-Berge.»

«Glimour? Nie gehört. Wie buchstabieren Sie das?» Plötzlich blickte Fussmer scharf auf. «Ha! Das ist eine Lüge. Noch nie ist jemand von der anderen Seite der Berge herübergekommen.»

«Du aufgeblasener Quatschkopf», kläffte Mopsy.

«Mopsy», mahnte Adam streng.

«Er hat gesagt, du lügst.»

«Laß ihn. Er weiß es nicht besser.»

«Wie? Was?» rief Fussmer. «Was gibt's da zu reden?»

«Ach, eigentlich gar nichts. Mein kleiner Hund hat nur das diplomatische Geschick bewundert, mit dem Sie Ihres hohen Amtes walten.»

Fussmer spähte über die Schreibtischkante, sah aber nichts als ein Haarbüschel auf dem Boden. Er konnte nicht einmal erkennen, wo vorn und wo hinten war, da Mopsy gerade nicht mit dem Schwanz wedelte. «Nun, das mag sein», piepste er, war aber keineswegs besänftigt. «Also weiter – Künstlername?»

«Verzeihung?»

«Ich meine, wie Sie sich auf der Bühne nennen. ‹Soundso der Dingsda›, will sagen ‹der Erstaunliche›, ‹der Verblüffende› oder ‹der Hinreißende›. Ich zum Beispiel bin als ‹Fussmer der Fabelhafte› bekannt. Sie haben gewiß schon von mir gehört.»

«Ich nicht», warf Mopsy ein.

Adam gab ihm einen leichten Fußtritt in die Rippen und sagte: «O ja, mein Herr, natürlich sind Sie uns ein Begriff. Aber ich heiße bloß Adam. Schlicht und einfach Adam.»

Der Stadtschreiber verzog das Gesicht zu einem unangenehmen Grinsen und zeigte dabei all seine blitzenden Zähne. «Soll ich dann vielleicht ‹Adam der Schlichte› schreiben?»

«Das wäre sehr freundlich von Ihnen», antwortete Adam.

Fussmer sah ihn scharf an, da er nicht wußte, ob Adam sich über ihn lustig machte. Offenbar war das nicht der Fall, und so schrieb er, jetzt schon weniger selbstsicher, ‹Adam der Schlichte› hin. Dann setzte er das Verhör fort. «Alter?»

«Ich weiß es nicht, Euer Gnaden.»

«Was denn? Wann sind Sie geboren?»

Mopsy kicherte. «So was Dummes! Wenn er wüßte, wann er geboren ist, könnte er doch auch sein Alter angeben, nicht wahr?»

«Mopsy! Sei sofort still!»

«Hören Sie», piepste Fussmer ärgerlich, «ich verbitte mir, daß der Hund uns dauernd unterbricht. Nun zu Ihrer Kleidung. Was ist das für ein Kostüm, das Sie da tragen? Ich habe noch nie einen anständigen Zauberer in einem derartigen Aufzug gesehen. Wollen Sie etwa so vor die hohe Jury treten?»

«Es tut mir leid», antwortete Adam, «ich bin gerade erst angekommen. Ich habe saubere Sachen in meinem Ranzen, aber ich hatte noch keine Zeit, mich umzukleiden.»

«Sie werden die Prüfung nie bestehen», schrillte Fussmer. «Man wird Ihnen schon für Ihr Aussehen eine schlechte Bewertung geben.»

«Der hat's nötig», bemerkte Mopsy. «Sieht er nicht aus wie eine Wurst, die aus der Pelle platzt? Und da wir schon von Wurst sprechen – ich hätte gern eine. Ich habe schrecklichen Hunger.»

«Jetzt nicht, Mopsy.»

«Ist das wieder der Hund?» fragte Fussmer.

«Verzeihung, Euer Gnaden. Ich habe ihm gesagt, daß er sich ruhig verhalten soll.»

«Dann können wir fortfahren. Der Name Ihrer Assistentin?»

«Jane. Ich habe sie gleich mitgebracht.» Adam deutete auf seine neue Freundin, die sich von ihrem Stuhl erhob und vor dem Stadtschreiber einen ganz passablen Knicks machte. Fussmer, der sie bisher kaum beachtet hatte, blickte erstaunt auf.

«Jane?» rief er. «Die Tochter des Oberzauberers? Das ist ja eine schöne Bescherung. Weiß dein Vater davon?»

«Nein», antwortete Adam statt ihrer. «Aber er wird bestimmt nichts dagegen haben, wenn ich ihm die Sache erkläre.»

«Sie machen mir Spaß«, höhnte Fussmer. «Jetzt *weiß* ich, daß Sie nicht bestehen werden. Das Mädchen ist unmöglich. Der Große Robert sagt es selber. Sie hat zwei linke Hände. Außerdem ist sie zu jung. Vierzehn Jahre ist in Mageia das gesetzliche Mindestalter für Assistentinnen. Nun, was haben Sie darauf zu erwidern?»

«Bitte, Adam», bat Mopsy, «darf ich ihn nicht ein einziges Mal zwikken? Unter dem Schreibtisch komme ich bequem an seinen Knöchel heran.»

«Nein, auf gar keinen Fall», sagte Adam streng. «Benimm dich gefälligst.» Und zu Fussmer gewandt: «Ich kann darauf nur erwidern, daß ich als Fremder um freundliches Entgegenkommen bitte. Ich bin sicher, daß Jane fähig ist, mir bei den recht unzulänglichen Kunststücken, die ich vorführe, zu assistieren.»

«Bitte, Herr Fussmer», flehte Jane, «ich will mir die größte Mühe geben, und er hat doch sonst niemand.»

«Nun», sagte der Stadtschreiber, «wir wollen das fürs erste auf sich beruhen lassen. Dein Vater wird es entscheiden müssen.» Wenn auch der Große Robert nicht viel von seiner Tochter zu halten schien, so war doch seinen Angehörigen gegenüber eine gewisse Schonung ratsam, solange er noch an der Macht war. Gleichzeitig aber beschloß Fussmer, sich bei Malvolio dem Mächtigen nach Kräften einzuschmeicheln, denn ihm war nicht entgangen, daß Malvolio gute Chancen hatte, dem Oberzauberer den Rang abzulaufen. Jetzt wandte er sich wieder an Adam.

«Um auf Sie zurückzukommen – was ist Ihre Spezialität? Spielkarten, Seiltricks, Jonglieren, Geldstücke, Seidentücher, Billardbälle, verschwindende Eier, Zigarettentricks, chinesische Ringe, Gedankenlesen, schwarze Magie, das Zersägen einer Dame . . .?»

Adam hörte höflich zu, während Fussmer diese Liste herunterschnurrte, und antwortete dann: «Leider nichts dergleichen.»

«Was können Sie also? Bindfadenkunststücke?» fragte Fussmer hämisch.

«Bloß zaubern», sagte Adam.

«Er hat mir eine wunderschöne Rose gezaubert», warf Jane ein.

«Papperlapapp! Ein uralter Trick für kleine Kinder», sagte Fussmer.

«Aber sie war echt», beteuerte Jane.

«Echt! Daß ich nicht lache. Echte Rosen gibt es in Mageia nicht.»

«Nur einen ganz, ganz kleinen Biß, ja?» bettelte Mopsy. «Es soll nicht durch die Haut gehen, bloß so ...»

«Nein», sagte Adam unerbittlich.

«Und was ist mit Ihrer Ausrüstung?» fuhr der Stadtschreiber fort. «Das richtige Kostüm, Requisiten wie Servanten, Kisten mit doppeltem Boden, Tische mit doppelter Platte, falsche Würfel, gezinkte Karten, Spiegelkabinette, Schulterhänger, Zugärmel, präparierte Zigarren und Zigaretten, Geheimtaschen, Trickpistolen, Klammern, Haken und Ösen?»

«Es tut mir leid, so etwas besitze ich gar nicht.»

Fussmer der Fabelhafte starrte Adam ungläubig an. «Und Sie wollen ein Zauberer sein? Haben Sie wenigstens Handlanger?»

«Handlanger? Ich weiß nicht, was Sie meinen.»

«Meine Güte!» rief Fussmer gereizt aus. «Was wissen Sie denn überhaupt? Handlanger sind natürlich Helfer, die inkognito im Zuschauerraum sitzen oder in der Kulisse stehen und Sie unauffällig unterstützen. Oder die auf die Bühne kommen, wenn Sie ein paar Herrschaften heraufbitten, und dann dafür sorgen, daß neunmalkluge Fatzken Ihnen die Tricks nicht vermasseln.»

«Selbstverständlich habe ich keine Handlanger. Das wäre ja Schwindel.»

Der Stadtschreiber kicherte wiehernd. «Hihi! Schwindel! Zauberei, mein Freund, ist doch auf die eine oder andere Art immer Schwindel, nicht wahr?»

«Meine nicht», versicherte Adam. «Ich glaube jedenfalls, daß es ehrliche Zauberei ist.»

Fussmer lachte. «Was für ein denkwürdiger Tag! Haha! Ich muß es mir aufschreiben.» Dann ergriff er den Fragebogen, überflog ihn und grinste höhnisch. «Also, mein lieber Junge, wissen Sie, was das alles zusammen ergibt? Es ergibt aus!» Und er buchstabierte: «A-U-S!»

«Ach, bitte!» rief Jane und rückte ein wenig näher an Adam heran.

Mopsy sagte kein Wort. Er knurrte, aber der dichte Haarvorhang ließ nur wenig von den wütenden Lauten durch.

«Nichts da», sagte Fussmer der Fabelhafte. «Sie entsprechen in keinem Punkt unseren Anforderungen: Sie haben keinen Namen, kein Alter; die Angaben über Ihre Herkunft sind erlogen; Ihre Assistentin ist zu jung; Sie kennen keine einzige Nummer von denen, die ich erwähnt habe; Sie besitzen keine Requisiten, keine Ausstattung, kein Kostüm – Sie sehen wie eine Vogelscheuche aus, wenn ich ehrlich sein soll –, und meiner Meinung nach sind Sie ein ganz gewöhnlicher Schwindler.»

«Jetzt langt's mir aber», sagte Mopsy. «Dem werde ich's zeigen.»

«Warte», flüsterte Adam und konnte ihn gerade noch mit dem Fuß zurückhalten.

«Aber ich will Ihnen sagen, was ich tun werde, um die Richtigkeit meines Urteils zu überprüfen», fuhr der Stadtschreiber fort. Er rückte sich zurecht, zupfte an den Manschetten und strich leicht über das Toupet auf seinem Kopf. «Wenn Sie mir hier und jetzt einen einzigen Trick vorführen, den ein zweijähriges Kind nicht durchschauen kann, werde ich dieses Formular mit dem Zulassungsstempel versehen, so daß Sie am Wettbewerb teilnehmen dürfen. Nun, was halten Sie von meinem großzügigen Angebot?»

«Sie sind überaus freundlich», sagte Adam. «Darf ich's also versuchen? Ich fürchte allerdings, Euer Gnaden, daß mein Können bei weitem nicht an das Ihre heranreichen wird.»

«Ja, ja, schon gut», erwiderte Fussmer ungeduldig. «Fangen Sie nur an, denn ich muß gleich nach oben zu den Schiedsrichtern.»

«Also, Jane», sagte Adam, «vielleicht können wir bei dieser Gelegenheit Herrn Fussmer auch zeigen, wie gut du dich zur Assistentin eignest.» Er und das Mädchen standen in einiger Entfernung vom Tisch des Stadtschreibers. «Nimm bitte meine Kappe und stell dich dort drüben neben die Stühle. So ist's gut. Nun halte die Kappe mit der Öffnung nach oben, damit sie aufnehmen kann, was kommen wird. Ausgezeichnet, Jane. Sind Sie bereit, mein Herr?»

Und dann rief Adam «Hoppla», streckte blitzschnell den Arm aus, schien eine Handvoll Nichts aus der Luft zu holen, warf es mit dem Ruf «Fang, Jane!» seiner Assistentin zu und zeigte seine offene Hand. Sie war leer.

Er hatte sich um keinen Zoll dem Stadtschreiber genähert, der jetzt wie von der Tarantel gestochen aufsprang, den Mund mit der Hand bedeckte und mummelte: «Mm, mm! Meine Fähne!»

«Wie bitte?» fragte Adam.

«Meine Fähne – fewen Fie mir meine Fähne furück!»

Mopsy sprang umher und wedelte aufgeregt mit dem seidigen Schwanz. «Glänzend!» kläffte er. «Unterfteh dich, ihm die Fähne fu geben! Recht geschieht ihm!»

«Ich weiß gar nicht, was Sie meinen», sagte Adam.

«Ah! Oh! Uh!» stöhnte Fussmer und zeigte auf seinen Mund.

«Ach so, das meinen Sie? Nun, vielleicht kann Ihnen die junge Dame helfen. Jane, schau doch mal in die Kappe.»

Jane blickte hinein und stieß einen Freudenschrei aus. Säuberlich in die Kappe gebettet lag ein vollständiges schneeweißes Gebiß, Ober- und Unterkiefer. «Hier ist es», rief Jane. «Hokuspokusschrumwidibum!»

Fussmer war jetzt nicht nur zahnlos, sondern auch krebsrot vor Wut und konnte nur immer wieder «meine Fähne, meine Fähne» stammeln.

«Gib dem Herrn seine Zähne zurück», gebot Adam.

Jane trat vor und hielt die Kappe mit einer anmutigen Verneigung dem Stadtschreiber hin, der hastig das Gebiß herausholte und es in den Mund schob.

«Oooh!» stöhnte er. «Das ist ja unglaublich. Wie haben Sie das nur gemacht?»

«Zauberei. Möchten Sie noch einen Trick sehen?»

«Ich glaube, seine Haare sind auch nicht echt», warf Mopsy ein. «Wie wär's damit? Na, schnell!»

«Pst!» flüsterte sein Herr. «Ich glaube, mehr ist nicht nötig.»

Der dicke Schreiber kochte vor Wut, war aber auch sehr verlegen und keineswegs gewillt, es auf ein zweites Experiment ankommen zu lassen. Obwohl er wußte, daß einige Ratsmitglieder vermuteten, er trage eine Perücke, hatte er doch gedacht, die falschen Zähne seien sein Geheimnis. Wenn die Geschichte, die sich soeben ereignet hatte, die Runde machte, würde ganz Mageia über ihn lachen. Er mußte also irgendwie versuchen, das Gesicht zu wahren.

«Aha!» rief er, obwohl Adam gar nicht auf Reichweite an ihn herangekommen war. «Jetzt weiß ich, wie Sie arbeiten. Sie sind einer von diesen neumodischen Taschenspielern, die sich in unsere Zunft eingeschlichen haben. Sie bitten Leute aus dem Publikum auf die Bühne und nehmen ihnen Uhren, Brieftaschen, Geldbörsen und Schmuckstücke ab.» Er sah Adam gehässig an und brummte: «Nun, versprochen ist versprochen, und ich stehe zu meinem Wort.» Seufzend drückte er den Stempel auf das Formular. «Da. Ich gebe Ihnen die Genehmigung. Vermutlich gehört der Hund zu Ihrer Nummer, also muß ich ihn ebenfalls zulassen. Aber bilden Sie sich bloß nicht ein, daß Sie durchkommen. Ich sitze nämlich – hahaha – in der Jury!»

In diesem Augenblick schlug die Rathausuhr zehn. Fussmer stand auf. «Die Meldefrist ist abgelaufen. Sie waren der letzte. Also kommen Sie.» Er setzte seinen Zylinder auf, winkte Adam und Jane, ihm zu folgen, und ging mit ihnen die breite Treppe hinauf, die zum ersten Stock führte.

6

Ninian le Nonpareil

Die letzte Runde des Wettbewerbs sollte gerade beginnen, als Adam und Jane mit Mopsy den Sitzungssaal betraten und sich rasch auf zwei freien Plätzen nahe der Tür niederließen. In den hufeisenförmig angeordneten Stuhlreihen saßen ungefähr dreißig Zauberer aller Altersstufen mit ihren Assistentinnen und Requisiten. Unter ihnen sollten die acht Kandidaten für die Endausscheidung am nächsten Abend ermittelt werden.

An einem großen, langen Tisch war die Jury versammelt; auch eine Anzahl von Gästen, berühmte Zauberer mit ihren Frauen, hatten dort Platz genommen.

Der Sitzungssaal war für Zaubervorstellungen denkbar ungeeignet – ein riesengroßer, kahler Raum mit einer Empore, wie man ihn in vielen Rathäusern findet. Durch die hohen Fenster flutete viel zuviel Tageslicht, das nicht nur die weißgestrichenen Wände hervorhob, sondern auch die bedrückenden Porträts längst verstorbener Bürgermeister, die aus dunklen Ecken auf die Versammlung starrten. Der Steinfußboden hatte keinen Teppich, so daß die Schritte dumpf hallten und die Stimmen ein unangenehmes Echo hervorriefen. Die ganze Atmosphäre war dem reibungslosen Verlauf einer Vorführung nicht gerade zuträglich.

Das war natürlich Absicht. Wenn die Kandidaten in diesem ungastlichen Raum ohne die Unterstützung von Kulissen und Hintergründen, Rampenlicht, Scheinwerfern und Abblendungen, Trommelwirbeln und Stimmungsmusik das Interesse der Jury wachhalten und ihre Tricks tadellos ausführen konnten, dann mußten sie schon sehr gute Künstler sein.

Einer der Preisrichter saß auf einer Art Podium, also etwas höher als die übrigen Mitglieder des Rates der Dreizehn, die ihre Plätze rechts und links von ihm hatten. Da er ohnehin ein hochgewachsener Mann war, überragte er seine Kollegen wie ein Turm, und der goldgeränderte, an einem schwarzen Band befestigte Kneifer, den er auf der Nase trug, verlieh ihm eine bemerkenswerte richterliche Würde.

«Das ist mein Papa, der Große Robert», flüsterte Jane. «Und neben ihm sitzt mein Bruder Peter.»

«Gehört er auch zu den Preisrichtern?» fragte Adam.

«Nein», erwiderte Jane, «noch nicht. Aber Papa nimmt ihn immer mit. Sieht er nicht blöde aus?»

Peter, das Ebenbild seines Vaters, war sich seiner Bedeutung als Sohn des Oberzauberers vollauf bewußt und bemühte sich, den huldvoll-herablassenden Gesichtsausdruck des Großen Robert nachzuahmen, was ihm jedoch nur schlecht gelang.

«Wer sind die anderen?» erkundigte sich Adam.

Flüsternd begann Jane, sie an den Fingern aufzuzählen. «Also der erste, der Chinese, heißt Wang Fu. Er ist kein echter Chinese, er tut nur so. Aber er ist lustig, und ich muß immer über ihn lachen. Der nächste nennt sich Verini der Verblüffende. Er führt fabelhafte Tricks mit Zigaretten vor und ist sehr nett. Sein Nachbar – der mit dem ulkigen roten Hut – ist Abdul Hamid, ein Ägypter, der mit lebenden Schlangen arbeitet. Mich überläuft es immer kalt, wenn ich ihm zusehe. Und dann kommt Radscha Pundschab, ein Inder, aber auch kein echter.»

«Und der Kleine mit dem schräg aufgesetzten Zylinder? Er schielt ein bißchen.» Dieser Mann war Adam sofort wegen seiner arroganten Miene und des permanenten höhnischen Grinsens aufgefallen. Sein Schnurrbart war nicht an den Enden nach oben gezwirbelt, sondern glich einer schäbigen Zahnbürste.

«Auf den habe ich schon ein Auge geworfen», murmelte Mopsy.

«Pst!» mahnte Jane. «Das ist Malvolio der Mächtige. Er haßt meinen Vater, und Papa kann ihn auch nicht ausstehen. Und der Lange mit den komischen Augenbrauen, der neben Malvolio sitzt und wie ein Teufel aussieht, nennt sich Mephisto der Mysteriöse. Er ist beinahe ebenso schlimm. Immer nimmt er Partei für Malvolio und gegen Papa.»

«Und der sehr alte Herr am Tischende? Der sieht nett aus.»

«Ja, er ist ganz reizend», bestätigte Jane. «Das ist Professor Alexander, unser ältester Zauberer, der viel mehr weiß als alle anderen. Er bringt mir jedesmal etwas mit, wenn er uns besucht. Und der neben ihm, das ist Universo. Ich kann ihn nicht leiden, weil er mich immer neckt.»

So zählte Jane alle Mitglieder der Jury auf und machte ihre Bemerkungen dazu: Frascati der Famose, ein Illusionist, der ihr mit seinen Geistern und Skeletten böse Träume verursachte, sonst aber sehr freundlich war; Glorini der Glänzende, Experte in Kartenkunststücken und stolz auf seine schmalen, gelenkigen Hände; Saladin der Spektakuläre, der auf Münzen spezialisiert war und als der bedeutendste Erfinder magischer Tricks und Apparate in Mageia galt. Und als letzter der dreizehn kam der dicke Stadtschreiber an die Reihe, Fussmer der Fabelhafte.

Es war in der Tat eine eindrucksvolle Schar, jeder ein Fachmann auf seinem Gebiet unter den vielen Spielarten der Bühnenzauberei. Diese Männer hatten so gut wie alles gesehen, was es in der Magie zu sehen gab, sie wußten, worauf sie ihr Augenmerk zu richten hatten, und man konnte wetten, daß sie den kleinsten Fehler im Mechanismus eines Apparates, jedes Schwanken und jede verdächtige Bewegung bei der

Ausübung eines Tricks entdecken würden. Keiner von ihnen ließ sich ein X für ein U vormachen.

Der Stadtschreiber nahm eine Liste zur Hand und rief den ersten Kandidaten auf: «Stefano der Stürmer.»

Ein massig gebauter Mann erhob sich schwerfällig und marschierte mit seiner Assistentin in die Mitte des Saales, wo sie eine gewaltige Anzahl von Gestellen, Tischen, Schränkchen, Schüsseln, Eimern, Schachteln, Röhren und Ringen aufbauten und eine Nummer vorzuführen begannen, die so kompliziert war, daß die Preisrichter bald gelangweilt gähnten und das Interesse verloren.

Der Zauberer, den Jane als Malvolio den Mächtigen bezeichnet hatte, beugte sich zu seinem Kollegen Mephisto und sagte flüsternd, aber laut genug, daß alle es hörten: «Er sollte sich nicht Stürmer, sondern Stümper nennen», was den armen Zauberkandidaten in der Mitte des Saales natürlich noch nervöser und ungeschickter machte, als er es ohnehin war.

«Ein miserabler Trick», meinte auch Mopsy.

«O je, o je! Ich weiß schon, meiner wird auch nicht klappen. Hätte ich doch lieber etwas anderes versucht!»

Dieser Ausruf veranlaßte Adam, sich seinem linken Nachbarn zuzuwenden, denn er war es, der gesprochen hatte.

Obwohl der Mann saß, konnte man sehen, daß er sehr groß war. Er wirkte wie eine Verkörperung der Mutlosigkeit und Verzweiflung. Sein Gesicht war lang und schmal; die Haare, in der Mitte gescheitelt, und der schwarze Schnurrbart hingegen hingen schlaff herunter. Die dunklen Augen blickten sanft, zugleich aber traurig und sorgenvoll, wie überhaupt sein Gesichtsausdruck eine Mischung von Melancholie, Angst und Hoffnungslosigkeit war.

Diese Stimmung spiegelte sich auch in seiner Kleidung. Der Frackanzug, der bestimmt einmal bessere Tage gesehen hatte, war fadenscheinig, verschossen und mindestens zwei Nummern zu groß. Der Kragen war viel zu weit, und die Ärmel reichten fast bis zu den Fingerspitzen.

Der Träger dieses Anzugs saß kerzengerade auf seinem Stuhl, die Ellbogen fest an den Körper gepreßt, und Adam entdeckte, daß seine Hände ein kleines Vogelbauer umklammerten.

In dem Käfig wiegte sich auf einer Stange ein orangefarbener Kanarienvogel, der jetzt das Köpfchen hob, Adam nicht gerade liebenswürdig ansah, den Schnabel öffnete und ein verzagtes «Tschiep» hören ließ.

«Albert mag den Trick nicht», flüsterte der Zauberer, als er Adams Interesse bemerkte. «Und ich kann es ihm nicht verübeln.»

«Ach», sagte Adam ebenso leise. «Was tun Sie mit ihm?»

«Ich lasse ihn verschwinden. Zumindest versuche ich es.»

«Wie interessant! Aus dem Käfig heraus, direkt vor unseren

Augen?»

Das unglückliche Gesicht des Kandidaten hellte sich für einen Augenblick auf. «Das ist noch nicht alles. Ich lasse auch den Käfig verschwinden. Hokuspokus, weg ist er! Das heißt, wenn es klappt.»

«Warum sollte es nicht klappen?»

«Weil so vieles schiefgehen kann», erklärte der lange Zauberer mit leiser Stimme. «Sehen Sie, es ist kein richtiges Vogelbauer, nur ein Drahtgestell, das von einem Stück Band zusammengehalten wird und wie ein Käfig aussieht. Ich habe das Ding gebastelt, nach der Anleitung in einem Buch. Es ist an einer Schnur befestigt, die in meinen rechten Ärmel führt, den Arm hinaufgeht, über meinen Rücken hinweg und durch den anderen Ärmel, den linken, hinunter bis zum Handgelenk, um das sie geknüpft ist. Man kann es nicht sehen, nicht wahr?» fragte er ängstlich.

«Doch, ich kann», sagte Mopsy.

«Still, Mopsy. Das ist ja nur, weil du auf dem Boden sitzt», sagte Adam. «Von unten siehst du vieles, was anderen Leuten entgeht.» Er blickte aufmerksam hin und konnte zu seiner Freude ehrlich versichern, die Schnur sei nicht zu sehen.

«Das beruhigt mich sehr», meinte der Zauberer. «Also wenn es soweit ist, stehe ich auf und sage mein Sprüchlein, das mit ‹Verschwind wie der Wind› endet. Dann ziehe ich mit der linken Hand kräftig an der Schnur, der Käfig klappt zusammen und rutscht in meinen rechten Ärmel. Wenn Sie genau hinschauen, können Sie sehen, daß die Drähte nur lose aneinandergebunden sind, so daß sich die ganze Konstruktion flach legt.»

«Und so was nennt sich Zauberei?» murmelte Mopsy.

Adam zog es vor, diese Bemerkung zu überhören. «Und was geschieht mit Albert?» fragte er. «Wird er ebenfalls platt gequetscht?»

«O nein. Aber er rutscht natürlich auch in den Ärmel hinein. Deshalb mag er die Nummer ja nicht.»

«Ist das keine Tierquälerei?»

«So schlimm ist es nicht. Schließlich ist dies die einzige Arbeit, die ihm zugemutet wird, und er bleibt auch nicht lange im Ärmel. Sofort nach dem Applaus – wenn ich welchen bekomme – renne ich hinter die Bühne, ziehe meinen Frack aus – ich trage einen besonders weiten, damit der Vogel nicht erstickt –, befreie Albert, gebe ihm etwas Mohnsamen, den er besonders gern frißt, und schon wenige Minuten später sitzt er wieder in seinem Käfig.»

«Ein fabelhafter Trick. Sie machen das bestimmt großartig. Wie heißen Sie, bitte?»

«Ninian. Ninian le Nonpareil. Und Sie?»

«Adam. Dies ist Jane, meine Assistentin. Und hier mein sprechender Hund Mopsy.»

«Sehr erfreut», sagte Ninian. «Ich würde Ihnen gern die Hand geben und Ihr Hündchen streicheln, aber Sie sehen ja . . .» Er wackelte mit den Ellbogen, um noch einmal auf seine Lage hinzuweisen.

«Was bedeutet ‹le Nonpareil›, Herr Ninian?» wollte Jane wissen.

Der trübsinnige Zauberer dachte einen Augenblick nach und erwiderte dann: «Offen gestanden, so ganz genau weiß ich es selber nicht. Aber es klingt gut, finden Sie nicht auch? Ninian le Nonpareil. Es heißt vermutlich, daß ich einzigartig bin, daß es so einen wie mich nicht noch einmal gibt. Und wissen Sie, vielleicht ist das gut so, denn ich fürchte, ich bin der schlechteste Zauberer der Welt. Ich gebe mir so schreckliche Mühe, aber alles, was ich mache, scheint schiefzugehen.»

«Ach, armer Ninian», flüsterte Jane voller Mitgefühl, «das glaube ich nicht.»

«Doch, doch, es ist schon so», sagte Ninian. Und zu Adam gewandt: «Was für eine reizende junge Dame! Wie glücklich müssen Sie sein, Herr Adam, eine so entzückende Mitarbeiterin zu haben. Ich habe leider keine Assistentin.»

«Ich dachte, Sie müßten eine haben. Ist das nicht Vorschrift?»

«Ausnahmegenehmigung», erklärte Ninian düster. «Ich finde einfach keine Helferin. Die Mädchen wollen nicht zum Gespött der Leute werden. Ich bin wirklich ganz furchtbar.»

«Nun, ich weiß nicht, was Ihnen diesmal passieren sollte», meinte Adam ehrlich überzeugt. Denn der Apparat, den Ninian in den Händen hielt, ließ sich in der Tat zusammenklappen, obwohl er von weitem genau wie ein Vogelbauer aussah.

«Sie würden sich wundern, was da alles passieren kann. Der erste Käfig klappte zwar zusammen, verschwand aber nicht. Albert war wütend und machte einen Höllenspektakel. Die Tierschutzabteilung der Zaubererinnung beschuldigte mich der unnötigen Tierquälerei. Ich mußte Strafe zahlen, und die Prüfung bestand ich natürlich nicht. Beim nächsten Versuch gelang es mir nur, das Dach des Käfigs wegzuziehen. Albert flog im Saal umher, und wir brauchten eine halbe Stunde, um ihn einzufangen. obendrein hinterließ er auf einem der Ehrengäste seine Visitenkarte. Ich wurde abermals zu einer Geldstrafe verurteilt. Dies ist meine letzte Chance», sagte er bekümmert, und seine traurigen Augen wurden feucht. «Wer dreimal durchfällt, der hat verspielt. Es wird veröffentlicht, und jeder weiß Bescheid. Dann werde ich nie das ‹GZM› meinem Namen beifügen dürfen. Das heißt ‹Gilde der Zaubermeister›. Es war dumm von mir, noch ein drittes Mal mein Glück zu versuchen.»

«Sieht ganz so aus», sagte Mopsy.

«Mopsy, sei nicht ungezogen!» schalt Adam. «Kannst du nicht sehen, daß der arme Mann sich Sorgen macht?» Dann wandte er sich an Ninian und fragte: «Dürfen wir Ihnen vielleicht helfen?»

Ninian starrte ihn verblüfft an. «Mir helfen? Ich werde ganz allein im Saal stehen. Was können Sie da schon tun?»

«Was er tun kann?» Mopsy kicherte. «Fragen Sie lieber, was er nicht tun kann, wenn er erst mal zu zaubern anfängt.»

Adam sagte ruhig: «Gib nicht so an, Mopsy.»

Aber Jane berichtete im Flüsterton: «Denken Sie nur, er hat Herrn Fussmers Gebiß aus seinem Mund verschwinden lassen, und ich habe es in Adams Kappe aufgefangen. Und er hat mir eine wirkliche, ganz echte und herrlich duftende Rose aus dem Nichts gezaubert – ich habe jedenfalls nicht herausbekommen, wie er es gemacht hat.»

Ninian starrte die beiden mit großen Augen an und wiederholte: «Herrn Fussmers Zähne? Und eine echte, herrlich duftende Rose aus dem Nichts?» Dann lächelte er sein trübseliges Lächeln und sagte zu Jane: «Gewiß, gewiß», doch man merkte ihm deutlich an, daß er überzeugt war, ihre kindliche Phantasie habe ihr das nur vorgegaukelt. Zu Adam sagte er: «Ich danke Ihnen für Ihr freundliches Anerbieten, aber wissen Sie, es hängt ja alles von der Schnur ab.»

Der Zauberer in der Mitte des Saales beendete seine komplizierte Nummer. Den Schluß bildeten ein Pistolenknall, das Läuten einer Glocke und ein einstürzender Kasten, aus dem eine Taube mit einem Brief im Schnabel aufstieg.

Die Preisrichter steckten die Köpfe zusammen und berieten sich flüsternd; dann schrieben sie ihre Beurteilungen nieder und reichten Fussmer die Zettel. Der Schreiber las die Notizen durch und klopfte mit dem Bleistift auf den Tisch, um sich Aufmerksamkeit zu verschaffen.

Mit seiner piepsenden Stimme verkündete er: «Stefano abgelehnt! Urteil der Jury: Nummer langweilig, Trick zu umständlich. Der Sohn des Großen Robert sah ein Stück von der Taube, bevor sie in den Kasten schlüpfte. Malvolio beobachtete, wie der Kandidat einen Ring in der Hand verbarg, und Professor Alexander meint, die Sache mit dem Brief sei ausgesprochen plump. Der nächste Bewerber!»

«Sehen Sie?» stöhnte Ninian. «So geht es die ganze Zeit.»

Ein Kandidat nach dem anderen produzierte sich vor dem unbarmherzigen Richterkollegium. Nur wenige bestanden; die meisten fielen durch.

Schließlich rief Fussmer: «Der nächste, bitte! Ninian le Nonpareil.»

«O Gott», sagte Ninian, «ich bin dran.» Er erhob sich. Sein langes, schmales Gesicht war blaß, und auf der Stirn perlten dicke Schweißtropfen. Mit schlotternden Knien stand er neben Adam, den er um Haupteslänge überragte. «O Gott!» wiederholte er, «man ruft mich. Irgend etwas mißlingt mir bestimmt. Ich weiß, daß es auch diesmal schiefgeht.»

«Ganz gewiß nicht», sagte Adam fest.

«Armer Herr Ninian», flüsterte Jane. «Hals- und Beinbruch!»

Ninian trottete zur Saalmitte und blieb dort bebend stehen. Er hielt das Vogelbauer in beiden Händen, während Albert aufgeregt darin umherhüpfte.

Jane blickte Adam mit weit aufgerissenen Augen an. «Können Sie ihm wirklich helfen?»

«Wir werden's versuchen», sagte Adam.

7

Mopsy assistiert

Da stand nun Ninian, und seine Hände, die das sogenannte Vogelbauer umklammerten, zitterten so sehr, daß Albert noch unruhiger wurde. Die Augen der Preisrichter waren kritisch auf ihn gerichtet.

Der Große Robert nahm den goldgeränderten Kneifer ab, putzte ihn, setzte ihn wieder auf die Nase und sagte: «Ach, *Sie* sind das. Nun, Ninian le Nonpareil, diesmal müssen Sie sich aber besondere Mühe geben.» Und sein Sohn Peter prahlte grinsend: «Pah, so etwas mache ich mit geschlossenen Augen.»

Der Zauberer, der sich Mephisto nannte, hob die Augenbrauen fast bis zur Hutkrempe. «Um Himmels willen», rief er, «doch nicht schon wieder die Nummer mit dem verschwindenden Vogelbauer! Das ist ja ein uralter Trick.»

Verini der Verblüffende, den Jane als nett bezeichnet hatte – er war jung und stattlich –, sagte begütigend: «Aber liebe Kollegen, ich finde, wir sollten ihm noch eine Chance geben.»

Malvolio (er war ein unscheinbares Männchen, jedoch von maßlosem Ehrgeiz besessen, weshalb er sich auch ‹der Mächtige› nannte) steckte die Hände in die Hosentaschen und lehnte sich so weit zurück, daß der Zylinder noch mehr zur Seite rutschte. Sein kleiner Mund verzog sich zu einem süffisanten Lächeln, als er sagte: «Niemand hat ihn gezwungen, hier zu erscheinen. Zum dritten- und letztenmal, Ninian.»

Dies alles trug natürlich dazu bei, das Lampenfieber des unglücklichen Zauberkandidaten noch zu steigern. Jane und Adam empfanden tiefes Mitgefühl, denn obwohl sie Ninian gerade erst kennengelernt hatten, verstanden sie ihn so gut, als wären sie schon Zeit ihres Lebens mit ihm befreundet. Es gab viele Menschen wie Ninian, Menschen voller Hoffnung und ehrgeizigen Strebens, denen jedoch das Talent oder die Geschicklichkeit fehlte, ihre Träume zu verwirklichen. Aber im Gegensatz zu Ninian gestanden sie sich das nicht ein. Was Adam und Jane so rührte, war die Tatsache, daß Ninian zugab, kein guter Zauberkünstler zu sein, und sich trotzdem getrieben fühlte, es immer wieder zu versuchen.

«Anfangen!» befahl der Große Robert.

In dem Saal wurde es mucksmäuschenstill, und keiner der anderen erfolgreichen oder erfolglosen Kandidaten wagte sich zu bewegen. Sie wünschten dem Kollegen alles Gute, und doch hielten sie den Atem an, weil sie spürten, daß sich eine Katastrophe anbahnte.

Ninian warf einen gequälten Blick auf den Oberzauberer am Richtertisch und stotterte: «Ich ha-habe hier, wie jedermann sehen k-k-kann, einen lebendigen K-k-kanarienvogel in einem richtigen K-k-käfig. Wenn ich sage: ‹V-v-verschwind wie der W-w-wind!›, werden sich K-k-käfig und K-k-kanarienvogel in Luft auflösen.»

Adam hörte Malvolio flüstern: «Wetten, daß es nicht funktioniert?»

Und Verini sagte: «Ruhe, Malvolio!»

Nun war der große Augenblick gekommen.

«Verschwind wie der Wind!» rief Ninian und ruckte heftig nicht nur mit dem linken Handgelenk, sondern auch mit dem Arm, der Schulter und der ganzen linken Seite. Aber, ach, von Verschwinden, noch dazu mit Windeseile, konnte keine Rede sein.

Das Bauer mit dem aufgeregt flatternden und zeternden Albert blieb genau dort, wo es sich befand: zwischen Ninians Händen. Irgend etwas mußte sich verklemmt haben.

Der Zauberer ruckte noch einmal mit dem linken Arm; er keuchte, riß und zog aus Leibeskräften – nichts geschah.

«Verschwind wie der Wind! Verschwind wie der Wind!» rief der Unglückliche. «Ach, bitte, verschwinde doch nur dieses eine Mal!»

Jane packte Adam am Arm. «Wie schrecklich!» rief sie. «Adam, so tun Sie doch etwas!»

«Da muß ein Assistent her», sagte Adam. «Vorwärts, Mopsy, lauf los und stifte Verwirrung!»

«O Junge! Prima!» kläffte Mopsy. «Darauf habe ich nur gewartet. Nun paßt mal auf!» Er flitzte in die Mitte des Saales, wo er, nicht weit von dem sich abmühenden Zauberer, Jagd auf seinen Schwanz zu machen begann und natürlich die allgemeine Aufmerksamkeit auf sich zog.

Doch wenn schon der Hund im Ruhezustand einen sehr drolligen Anblick bot, weil man nie wußte, wo Kopf und wo Schwanz war, so wirkte er überwältigend komisch, sobald er sich im Kreis drehte. Man hatte den Eindruck, ein Staubwedel sei plötzlich lebendig und zugleich wahnsinnig geworden.

Der Große Robert riß die Augen auf und verzog angewidert das breite Gesicht. «He, he, was soll das?» rief er. «Wem gehört das scheußliche Ding? Und was ist es überhaupt?»

Adam stand auf. «Verzeihung, Euer Gnaden, das ist mein Hund. Mein sprechender Mopsy.»

«Nehmen Sie ihn weg», befahl Robert. «Er hat hier überhaupt nichts zu suchen.»

«Es tut mir leid, Euer Gnaden», sagte Adam und rief: «Mopsy, du unartiger Hund, komm sofort her!»

Mopsy tat natürlich nichts dergleichen, denn er wußte, daß sein Herr es nicht ernst meinte. Er wechselte nur die Richtung und drehte sich andersherum.

«Warte nur, jetzt habe ich dich.» Mit diesen Worten ging Adam zur Saalmitte, um Mopsy hochzuheben. Dabei mußte er an Ninian vorbei, so daß der Unglückliche für eine Sekunde den Blicken der Preisrichter entzogen war.

«Jetzt!» flüsterte Adam dem verschreckten Zauberer zu. «Und machen Sie kein erstauntes Gesicht!» Er packte Mopsy, der wild zappelte und vor Lachen schrie, kehrte zu seinem Platz zurück und setzte sich neben Jane, die ungläubig, mit weit offenem Mund und Augen so groß wie Teetassen auf das starrte, was da geschehen war.

«Machen Sie kein erstauntes Gesicht!» Das war leicht gesagt, aber Ninians Augen quollen hervor, als würden sie gleich aus dem Kopf fallen. Der Gegenstand, den er zwischen den Händen hielt, war nämlich nicht mehr das zerbrechliche Vogelbauer mit dem hysterischen Albert, sondern ein großes, mit Wasser gefülltes Glasgefäß, in dem Fische umherschwammen.

Überdies waren weder das Becken noch der Inhalt von der gewöhnlichen Art. Einer der Fische war goldfarben, der zweite glitzerte silbrig, und der dritte leuchtete blau, so daß sie die Nationalfarben von Mageia bildeten, wie man sie überall in der festlich geschmückten Stadt auf Fahnen und Girlanden sehen konnte. Rings um den Rand des Gefäßes schimmerten Lichter in eben den selben Farben; und golden, silbern und blau waren auch die Bänder, die von ihm herabhingen.

Alles in allem war es einer der hübschesten Verwandlungstricks, die man je in Mageia gesehen hatte, und die anderen Kandidaten applaudierten spontan. Sogar einige Mitglieder der Jury klatschten Beifall und murmelten: «Bravo.»

Ninians Hände zitterten so stark, daß zu befürchten war, er werde das Gefäß mit allem Drum und Dran fallen lassen. Schließlich aber gelang es ihm, sich zusammenzureißen und eine Miene aufzusetzen, als habe er von Anfang an dies und nichts anderes beabsichtigt.

Jane drückte Adams Arm und flüsterte: «Ach, das war herrlich! Wie haben Sie's bloß gemacht? Ich habe gar nicht gesehen, daß Sie es ihm gaben.»

«Pst!» sagte Adam. «Vielleicht war es Mopsy.»

«Keine Spur», rief der Hund vergnügt und wedelte mit dem Schwanz.

«Also wirklich», meinte der Große Robert, «ich muß schon sagen! Lassen Sie doch mal sehen.»

Noch immer bemüht, sein Erstaunen zu verbergen, marschierte

Ninian nach vorn und setzte das Becken mit einem kräftigen Bums auf den Tisch.

Die Richter beugten sich vor oder reckten den Hals oder standen halb auf, um besser sehen zu können, während Robert das Glas mit einem Bleistift beklopfte, so daß es klirrte. Er steckte sogar einen Finger ins Wasser, was die Fische veranlaßte, noch schneller umherzuschwimmen. Da gab es keinen Zweifel: Das Gefäß war aus Glas, das Wasser war Wasser, und die Fische waren richtige Fische. Auch die Echtheit der Lichter und der farbigen Bänder aus reiner Seide stand außer Frage.

Der Große Robert wußte immer mit viel Geschick die Meinung der Öffentlichkeit zu erraten und sein Mäntelchen nach dem Wind zu hängen – deshalb war er auch ein so erfolgreicher Politiker. Jetzt sagte er in seinem wohlwollendsten Ton: «Ninian, diesmal haben Sie's geschafft. Wenn ich es nicht mit eigenen Augen gesehen hätte, würde ich es nicht glauben.»

«Also *ich* habe es nicht gesehen!» protestierte Malvolio. «Als dieser langbeinige Bursche den sogenannten Hund holte, hat er Ninian verdeckt.»

«Sähr rrrichtig», bestätigte Abdul Hamid, der Ägypter mit dem roten Fes. Er hatte eine ölige Stimme, ein öliges Gesicht und ein öliges Benehmen. «Ich dänke, er hat es ihm gegäben.»

Der Zauberer, der sich Universo der Unvergleichliche nannte und von dem Jane gesagt hatte, er halte sie immer zum besten – ein Mann mit eng zusammenstehenden Augen und einem selbstgefälligen Gesichtsausdruck –, fügte hinzu: «Ohne fremde Hilfe würde Ninian einen solchen Trick in tausend Jahren nicht fertigbringen.»

Der Große Robert räusperte sich. Jetzt wehte der Wind plötzlich aus einer anderen Richtung, und vor Malvolio mußte er sich in acht nehmen. Daher fragte er: «Wie denken Sie darüber, Professor?»

Der alte Professor Alexander, der Ehrenpräsident der Zaubermeistergilde, schüttelte das weiße Haupt. «Meiner Meinung nach reden Malvolio, Universo und Hamid ausgemachten Unsinn», sagte er ruhig, aber bestimmt. «Selbst wenn der Bursche mit dem Hund ein Handlanger war – was übrigens durchaus zulässig ist –, so hatte er doch nichts Auffälliges bei sich: er trug keinen Mantel oder Umhang, was die einzige Möglichkeit gewesen wäre, ein Goldfischglas zu verbergen; außerdem ist er Ninian nicht so nahe gekommen, daß er es ihm hätte geben können. Ninian hat irgendeinen neuen Trick benutzt, und ich finde, es ist einer der glänzendsten, die wir je gesehen haben. Ich gratuliere Ninian und stimme dafür, daß er zur Endausscheidung zugelassen wird.»

Alles, was Professor Alexander sagte, hatte großes Gewicht, das merkte man an dem Beifallsgemurmel, das nach seinen Worten durch die Reihen der Zuschauer wie auch der Preisrichter lief. Nur Malvolio brummte: «Ich wäre dafür, daß er den Trick wiederholt.» Aber niemand achtete auf ihn.

Der Große Robert entschloß sich abermals zu einer raschen Kursänderung und verkündete: «Ich stimme mit Professor Alexander überein. Genau mein Standpunkt. Der Antrag ist angenommen. Meinen herzlichsten Glückwunsch.» Und er fügte salbungsvoll hinzu: «Fussmer, merken Sie Ninian le Nonpareil für die Schlußrunde vor.»

Während Ninian, krebsrot im Gesicht, zu seinem Platz neben Adam zurückkehrte, ging das Geflüster und Gemurmel im Sitzungssaal weiter. Preisrichter, Zauberer und Zuschauer zerbrachen sich den Kopf, wie es möglich war, daß ein lebender Kanarienvogel, selbst wenn er in einem präparierten Käfig saß, vor ihren Augen zu einem gefüllten und illuminierten Goldfischglas wurde.

So glaubten sie es jedenfalls gesehen zu haben, denn sie hatten vergessen, daß sie im Moment der Verwandlung auf einen kleinen, haarigen Hund geblickt hatten, der seinem Schwanz nachjagte, oder auf einen Schwanz, der einem Hund nachlief. Immerhin blieb die Tatsache bestehen, daß man bisher auch das einfachste Goldfischglas entweder aus den Falten eines weiten orientalischen Gewandes oder aus den Tiefen eines Tricktisches hatte hervorzaubern müssen, und Ninian hatte keines von beiden benutzt. Folglich war mit ziemlicher Sicherheit anzunehmen, daß es doch etwas Neues unter der Sonne gab.

Als der Stadtschreiber den nächsten Namen aufrief und ein neuer Kandidat in der Mitte des Saales seine Nummer begann, beugte sich Ninian zu Adam und flüsterte: «Das waren Sie. Nicht wahr, Sie haben es getan?»

«Pst!» machte Adam. «Seien Sie ruhig! Darauf kommt es doch gar nicht an.»

«Und wie fanden Sie *meine* Nummer?» fragte Mopsy. «Großartig, was?»

Ninian sagte: «Ich weiß, daß Sie es waren, Herr Adam. Ich hätte so etwas nie fertiggebracht. Das werde ich Ihnen bis an mein Lebensende nicht vergessen.» Plötzlich zuckte er zusammen. «Albert! Was ist aus Albert geworden?» Er tastete aufgeregt seine Ärmel ab.

Adam legte ihm die Hand auf den Arm. «Machen Sie sich keine Sorgen. Sie werden ihn zweifellos in seinem richtigen Käfig wiederfinden, wo er sich am Mohnsamen gütlich tut.»

«Und grüßen Sie ihn von mir», fügte Mopsy hinzu. «Diesmal hat er's hübsch bequem gehabt.»

Jane zupfte Adam am Ärmel. «Bitte, sagen Sie mir, wie Sie es gemacht haben», flüsterte sie. «Bitte, bitte, bitte! Ich weiß, daß Sie ihm das Glas nicht geben konnten, weil Sie keines bei sich hatten.»

«Zauberei», erwiderte Adam. «Was sonst?»

Tränen des Ärgers und der Hilflosigkeit standen in Janes Augen, als sie ausrief: «Ach, ich finde es gräßlich von Ihnen, daß Sie kein Vertrauen zu mir haben. Ich hasse Sie! Ich hasse Sie!»

Die Leute, die in ihrer Nähe saßen, drehten sich bei diesem Zornausbruch erstaunt um, aber da hörte man schon Fussmers piepsende Stimme: «Der nächste Kandidat! Adam – Adam der Schlichte. Bitte kommen Sie; lassen Sie die Jury nicht warten.»

Adam erhob sich. «Wir sind dran. Also los, Jane und Mopsy.»

8

Ehrliche Zauberei

«Adam der Schlichte», wiederholte Fussmer, und der hämische Ton war nicht zu überhören, als er von dem Meldebogen ablas: «Ehrliche Zauberei.» Daraufhin sah sich Malvolio zu der Bemerkung veranlaßt: «Ehrliche Zauberei – was soll denn das heißen? Will er etwa behaupten, unsere Zauberei sei nicht ehrlich?»

Der Große Robert war so verblüfft über den Anblick seiner Tochter in ihrem Assistentinnenkostüm und an der Seite dieses jungen Mannes in fremdländischer Tracht, daß ihm der Kneifer von der Nase rutschte und zu Boden gefallen wäre, wenn ihn das schwarze Band nicht gehalten hätte. «Jane!» rief er mit Donnerstimme. «Was soll das bedeuten? Wie kommst du hierher?»

Jane stand zitternd da und brachte kein Wort heraus.

Adam erwiderte an ihrer Stelle: «Ich hoffe, Sie werden ihr verzeihen, Euer Gnaden. Es ist meine Schuld. Als ich nach Mageia kam, wußte ich nicht, daß jeder Kandidat eine Assistentin haben muß, bis der Torhüter es mir sagte. Zufällig traf ich Ihre reizende Tochter, und da fragte ich sie, ob sie mir helfen könne.»

«Die und jemandem helfen? Haha, ein glänzender Witz!» rief Peter.

Der Große Robert, stets auf sein Ansehen bedacht und für Schmeicheleien nicht unempfänglich, sagte: «Hm, hm – reizende Tochter, meinen Sie? Nun ja, ganz recht, aber sie hatte Stubenarrest wegen einer – äh – kleinen Verfehlung. Erziehungssache, verstehen Sie? Haha!»

«Sie sagte, es tue ihr leid, Euer Gnaden.»

«Stimmt», warf Mopsy ein. «Ich habe es gehört.»

«Bitte sehr», fügte Adam hinzu, «Mopsy, mein sprechender Hund, kann es bezeugen, denn er war auch dabei.»

Alle Mitglieder der Jury beugten sich weit vor, um über den Tisch zu lugen. Universo erkundigte sich: «Wollen Sie uns wirklich weismachen, das Ding dort unter all dem Haar sei ein Hund?»

«Bitte, Adam», flüsterte Mopsy, «darf ich ihn ins Bein beißen?»

«Nein», antwortete Adam energisch.

«Er hat gehört, daß Jane sagte, es tue ihr leid?» fragte Robert und zeigte auf Mopsy.

«Jawohl, mein Herr.»

«Lassen Sie ihn seine Aussage wiederholen.»

«Haben die denn keine Ohren?» knurrte Mopsy.

«Offenbar nicht solche wie wir», meinte Adam.

«Was gibt's da?» wollte Robert wissen.

«Sie baten ihn, seine Aussagen zu wiederholen, und er hat es getan. Er bestätigt, mit eigenen Ohren gehört zu haben, wie Jane versicherte, es tue ihr sehr, sehr leid, daß sie Peter gekratzt hat, und künftig werde so etwas nicht mehr vorkommen.»

«Also gut, dann will ich ausnahmsweise Gnade für Recht ergehen lassen», sagte Robert großmütig. «Ich schenke ihr den Rest der Strafe.» Er wandte sich seinem Sohn Peter zu, der ihm etwas ins Ohr flüsterte. Dann stand er auf und erklärte. «Aber als Ihre Assistentin kann meine Tochter leider nicht arbeiten. Sie ist noch minderjährig, verstehen Sie. Es ist gegen die Vorschrift.»

«Könnten Sie keine Ausnahme machen, Euer Gnaden?» bat Adam. «Als Zeichen der Gastfreundschaft einem Fremden gegenüber? Ich bin von weither gekommen, über die Straen-Berge, um mich an Ihrem Wettbewerb zu beteiligen.»

Abermals lief ein erstauntes Raunen durch die Reihen, denn alle wußten, daß noch nie jemand über das Gebirge gekommen war. Man hörte Malvolio ärgerlich brummen: «Fussmer, Sie alter Schafskopf, da haben Sie sich einen schönen Bären aufbinden lassen.»

«Ach, lieber Papa», bettelte Jane, «erlaube es mir doch dieses eine Mal. Er hat ja sonst niemanden, der ihm hilft.»

Professor Alexander flüsterte dem Oberzauberer zu: «Wenn ihm das Kind genügt – warum nicht? Zumindest, bis wir gesehen haben, was er kann.» Einige andere Preisrichter, die seine Worte gehört hatten, nickten zustimmend.

Wieder einmal drehte der Große Robert sein Mäntelchen nach dem Wind und tat, was ihm für die Aufrechterhaltung seiner Autorität nötig schien. Er mißbilligte Malvolios Verhalten und spürte, daß die meisten Jurymitglieder ebenso dachten. Deshalb verkündete er pathetisch: «Ein Fremder hat vor unseren Toren um Gastfreundschaft gebeten. Niemand soll sagen, daß es uns in Mageia an guten Manieren und an Großzügigkeit in solchen Dingen mangelt. Ich bin also bereit, im Namen unserer schönen Stadt und der hier versammelten Zaubermeistergilde eine Ausnahme von der Regel zu gestatten, und erlaube meiner geliebten Tochter Jane, unserem Gast dieses eine Mal zu assistieren.»

Nach Roberts formvollendeter Rede gab es sanften Beifall. Mopsy allerdings rümpfte die Nase und sagte: «Na, so ein heuchlerischer, angeberischer Quatschkopf! ‹Meine geliebte Tochter.› Das habe ich gern!»

Der Große Robert warf einen strengen Blick auf Mopsy, der zu Adams Füßen saß und von dem gerade die Nasenspitze und ein Auge durch den Haarvorhang zu sehen waren. «Was ist denn nun schon wieder los?»

fragte er.

Adam erwiderte: «Mein Hund sagte, er habe noch nie eine so aufrichtige und warmherzige Willkommensrede gehört und danke Ihnen von ganzem Herzen dafür. Ich schließe mich seinen Worten an.»

Die Zuschauer applaudierten begeistert. Es mag unglaublich klingen, daß niemand Adams Behauptung, Mopsy habe dies und das gesagt, zu bezweifeln schien, aber es war so.

Peter lachte spöttisch. «Viel Glück, mein Herr. Wie ich meine Schwester kenne, wird sie Ihnen garantiert jeden Trick verpatzen.»

«Nun», sagte Adam fröhlich, «darauf müssen wir's eben ankommen lassen.»

«Für so einen Bruder würde ich mich schön bedanken», knurrte Mopsy.

Der Große Robert teilte insgeheim die Meinung seines Sohnes und war nicht unzufrieden mit dem Lauf der Dinge. Er hatte das Gefühl, in der ungewöhnlichen Entwicklung, die der Wettbewerb genommen hatte, eine gute Figur abzugeben; nur der rothaarige junge Mann machte ihn nervös, und er wollte ihn möglichst schnell loswerden. Mit dem lächerlichen Kostüm und ohne irgendwelche Requisiten konnte der Fremde bestimmt nichts Besonderes produzieren. «Nun gut», sagte Robert, «dann wollen wir anfangen. Was werden Sie vorführen? Ach ja, Sie wollen uns sogenannte ehrliche Zauberei bieten. Wie spielt sich so etwas ab?»

Jane flüsterte: «Adam, was haben Sie denn vor? Wie kann ich Ihnen assistieren, wenn ich nicht Bescheid weiß?»

«Pst», sagte Adam, «ich denke nach. Befolge einfach meine Anweisungen.» Und Mopsy fügte hinzu: «Siehst du denn nicht, daß er nachdenkt?»

So war es in der Tat, denn Adam überlegte, was er tun könne, um all diesen mächtigen Zauberkünstlern zu imponieren und Mitglied ihrer exklusiven Gilde zu werden. Er stützte das Kinn in die Hand, und plötzlich erinnerte er sich an das, was der alte Torhüter gesagt hatte: «Man erwartet eher Neuheit und Originalität als irgendwelchen komplizierten Hokuspokus.»

Er hob den Kopf und begann: «Ich möchte Ihnen nur ein bißchen gewöhnliche Zauberei zeigen, etwas ganz Einfaches und ziemlich Törichtes, von dem ich jedoch hoffe, daß Sie es noch nicht kennen. Würde mir wohl jemand ein Ei geben?»

«Ha!» rief Malvolio, der nur auf eine Gelegenheit zum Protest gewartet hatte. Er empfand nämlich aus keinem anderen Grund, als weil er eben Malvolio war, eine ausgesprochene Abneigung gegen den jungen Zauberer. «Ein Ei geben? Haben Sie denn keines bei sich? Hier ist es üblich, daß man sich seine Requisiten mitbringt.»

«Ja», bestätigte Mephisto, «wenn Sie ein richtiger Zauberkünstler wären, müßten Sie ein Ei aus Ihrem Mund ziehen oder aus der Luft greifen können. Das ist doch einer der allereinfachsten Tricks.»

Abdul Hamid lächelte in seiner öligen Art. «Haha! Er mechte haben ein Ei! Ich bin dafier, daß er wird entqualifiziert.»

Der Große Robert dachte genauso, wenn er es auch mißbilligte, daß sich Malvolio so ohne weiteres die Rechte des Vorsitzenden anmaßte. Bevor er jedoch etwas sagen konnte, fragte der alte Professor Alexander: «Könnte der junge Mann mir erklären, weshalb er von einem Kollegen ein Ei leihen will, statt daß er sich eines mitgebracht hat?»

«Gewiß, mein Herr», antwortete Adam. «Weil ich es lieber nicht berühren möchte.»

«Genau das, was ich mir gedacht habe», sagte der Professor. «Malvolio, Sie wissen, daß es nicht gegen die Regeln verstößt, wenn sich ein Zauberkünstler einen Gegenstand ausbittet. Wir fragen ja oft: ‹Würde uns einer der verehrten Anwesenden leihweise dies oder das überlassen?› Eine Uhr zum Beispiel, einen Ring oder einen Geldschein. Der junge Mann ist völlig im Recht.»

Die wohlwollenderen Mitglieder der Jury nickten zustimmend, und die anderen blickten mürrisch drein, widersprachen aber nicht.

Ein junger Kandidat, der seine Vorführung schon hinter sich hatte, trat vor. «Ich kann Ihnen ein Ei geben. Ich habe immer ein zweites bei mir, für alle Fälle.» Mit diesen Worten reichte er Adam ein Glasschüsselchen, in dem ein gewöhnliches Hühnerei lag.

«Vielen Dank, das ist sehr freundlich von Ihnen», sagte Adam, ohne Schüssel oder Ei zu berühren. «Bitte, Jane, würdest du jetzt dem hohen Richterkollegium das Ei zeigen.»

Peter murmelte: «Wetten, daß sie's kaputtmacht?»

Aber diesen Gefallen tat Jane ihm nicht. Durch Adams Ruhe sicher geworden, dachte sie nicht mehr an ihre Ungeschicklichkeit, sondern war nur bestrebt, seine Anweisungen auszuführen. Sie nahm das Schälchen mit dem Ei und stellte es auf den Richtertisch.

«Darf ich um genaue Überprüfung bitten?» rief Adam.

Die Gegenstände gingen von Hand zu Hand, und während die Herren mit ihnen beschäftigt waren, fragte Mopsy: «Welches willst du denn vorführen?»

«Das leichte», antwortete Adam. «Erinnerst du dich?»

«Ach, Humsti-Bumsti?»

«Ja.»

«Da werden sie aber Augen machen.»

Jetzt verkündete der Große Robert: «Wir sind alle der Meinung, daß es sich um eine gewöhnliche Glasschale und, soviel wir sehen können, um ein gewöhnliches Hühnerei handelt.»

»Würden Sie es bitte freundlicherweise kennzeichnen?» bat Adam.

«Kennzeichnen? Wie denn?»

«Mit Ihrem Namenszug vielleicht?» schlug Adam vor.

«Ha!» knurrte Malvolio. «Mit Vergnügen. Der Narr schneidet sich ins eigene Fleisch. Her damit.»

Er nahm das Ei und kritzelte auf die eine Längsseite ‹Malvolio der Mächtige›; dann reichte er es seinem Gefolgsmann, der die andere Seite mit einem schwungvollen ‹Mephisto der Mysteriöse› versah.

«So, Jane», sagte Adam, «nun geh bitte zu dem Tisch, schlage das Ei sehr vorsichtig in die Schüssel und lege die beiden halben Schalen daneben.»

Jane tat, wie ihr geheißen; sie brach das Ei auseinander und ließ den Inhalt in den Napf laufen. Nun konnte jeder sehen, daß es in der Tat ein ganz gewöhnliches Ei war, mit einem runden gelben Dotter, umgeben von durchsichtigem, flüssigem Eiweiß. Die Schalenhälften legte Jane neben das Schüsselchen.

Adam, der währenddessen in einiger Entfernung vom Tisch gestanden hatte, trat noch etwas weiter zurück und sagte: «Ausgezeichnet, Jane. Jetzt werden wir das Ganze gründlich vermengen. Hier nimm diese Gabel und rühre das Ei tüchtig durch, wie deine Mutter es tut, wenn sie ein Omelett backen will.» Er warf ihr eine silbern glänzende Gabel zu, die sie geschickt und graziös auffing.

Alle waren so fasziniert von dem, was sich da abspielte, daß niemand, nicht einmal Jane, sich fragte, woher die Gabel eigentlich gekommen sei. Atemloses Schweigen herrschte in dem großen Saal; man hörte nur das leichte Klappern der Gabel, als Jane gehorsam den Dotter und das Weiße zu hellgelbem Schaum verrührte.

«Sehr gut, Jane», sagte Adam. «Aus dir wird bestimmt einmal eine vorzügliche Köchin.»

«Hören Sie», fuhr Malvolio dazwischen, «wer macht eigentlich die Nummer, Sie oder das Mädchen?»

«Das werden Sie gleich merken», knurrte Mopsy.

«Wir beide», antwortete Adam gelassen. «Aber vielleicht ist es besser, wenn ich das weitere erledige. Jane, darf ich bitte die Gabel haben?»

Er ging zum Tisch, nahm die Gabel und begann, das Ei zurückzurühren. Jane hatte das Ei schaumig geschlagen; er aber gab der Masse mit den umgekehrten Bewegungen ihre ursprüngliche Beschaffenheit zurück: Der Schaum verschwand, das helle Gelb wurde dunkler, und schließlich schwamm wieder der feste Dotter in seinem flüssigen Eiweißbett.

Adam legte die Gabel hin und nahm in jede Hand eine halbe Eierschale. «Jane, laß jetzt das Ei vorsichtig dahin zurückschlüpfen, woher es gekommen ist. Sachte, sachte! Ja, so ist es gut.»

Jane, die kein bißchen nervös war, hatte die Schüssel angehoben und

den Inhalt langsam in die Schalenhälften gleiten lassen.
«Sag den Zauberspruch», gebot Adam.
«Eia popeia, zurück in die Heia!» rief Jane.
Ohne einen Tropfen Eiweiß zu verschütten, fügte Adam die Schalen aneinander, hielt das Ei senkrecht hoch und legte es dann auf den Tisch – wieder heil, ohne Sprung und ohne die geringste Spur, daß es aufgeschlagen worden war. Auch die Unterschriften von Malvolio und Mephisto waren unversehrt.
Mopsy lachte. «Haha! Wie hat euch das gefallen? Das war der leichte Trick. Er hätte das Ei nämlich auch kochen, kleinschneiden und *dann* zurückverwandeln können.»

9

Humsti-Bumsti

Das Schweigen, das sich über den Sitzungssaal gelegt hatte, hielt an. Die Zauberer am Richtertisch starrten unverwandt auf das Ei; die Augen quollen ihnen aus dem Kopf, als sähen sie etwas Lebendes und fürchteten, daß es sie beißen könnte.

Der Große Robert faßte sich als erster. Er nahm das Ei vorsichtig in die Hand, drehte es hin und her und rief aus: «Aber das ist ja unmöglich!»

Mopsy lachte. «Hahaha! Unmöglich war es bei Humsti-Bumsti. Soll ich's euch aufsagen? ‹Humsti-Bumsti saß . . .›»

«Jetzt nicht», unterbrach Adam, worauf der Oberzauberer nervös fragte: «Was ist los? Was soll dieses Geflüster? Ich wünsche das nicht.»

«Mein Hund wollte ‹Humsti-Bumsti› rezitieren, Euer Gnaden. Ich habe es ihm verboten.»

«Soso, verboten?» wiederholte der Große Robert mißtrauisch. «Und warum, bitte? Was hat Humsti-Bumsti damit zu tun? Ich bestehe darauf, es zu erfahren.»

«Würdest du es für uns aufsagen, Jane?» fragte Adam.

Jane unterdrückte ein Kichern, faltete die Hände, schloß die Augen und begann in einer Art Singsang:

> «Humsti-Bumsti saß auf dem Dach,
> fiel auf die Straße und zerbrach.
> Alle Ritter des Königs und all seine Mannen
> kriegten Humsti nicht wieder zusammen.»

Die meisten Jurymitglieder blickten verständnislos drein, und Universo bemerkte: «Ich möchte nur wissen, was das eine mit dem anderen zu tun hat.»

Jane brach in Lachen aus. «Humsti-Bumsti war natürlich ein Ei! Das weiß doch jeder. Als er vom Dach fiel und zerbrach, konnten ihn alle Ritter und alle Mannen des Königs nicht wieder zusammensetzen. Niemand kann ein Ei zusammensetzen . . .» Sie verstummte mitten im Wort, ihr Lachen erstarb, und sie warf einen furchtsamen Blick auf Adam.

Die Zauberer betrachteten Adam mit gemischten Gefühlen. Bewunderung, Staunen, Mißtrauen – das alles ging ihnen wirr im Kopf herum.

Denn er hatte tatsächlich ein geschlagenes Ei zurückgerührt und die Schale wieder zusammengefügt.

«Ich möchte noch einen kleinen Blick darauf werfen», sagte Malvolio. Er nahm das Ei, holte aus der Tasche ein Vergrößerungsglas, wie die Uhrmacher es benutzen, klemmte die Lupe ins Auge und untersuchte die Eierschale sehr gründlich, besonders die Seite, auf die er seinen Namen geschrieben hatte. Dann, bevor irgend jemand ihn daran hindern konnte, schlug er das Ei an der Tischkante auf und ließ den Inhalt abermals auf den Teller gleiten.

Es war genauso, wie es vorher gewesen war – ein goldgelber Dotter, der in flüssigem Eiweiß schwamm. Schreck und Überraschung malten sich auf Malvolios Gesicht – anscheinend hatte er gehofft, den Fremden als Betrüger zu entlarven, der ein Ersatzei bei sich getragen hatte. Aber nein, es war dasselbe Ei und zweifellos echt. Nun kam ein listiger Ausdruck in die Augen des Zauberers. «Zeigen Sie es uns noch einmal», sagte er.

«Wie wär's, wenn Sie es zuerst selbst probierten?» kläffte Mopsy.

«Wenn Sie so fabelhaft zaubern können», fuhr Malvolio fort, «wird es Ihnen doch gewiß nichts ausmachen, die Nummer für uns zu wiederholen.»

«Nein, ach nein! Bitte nicht!» Jane wußte selbst nicht, weshalb sie fast schreiend protestierte – sie wußte nur, daß sie unvermittelt von Angst gepackt worden war. Sie hätte nicht sagen können, was sie so ängstigte; sie spürte lediglich, daß etwas Seltsames und Beunruhigendes geschehen war und noch immer geschah, daß etwas in der Luft lag, was ihren neugewonnenen Freund bedrohte.

Als Tochter eines berühmten Taschenspielers war ihr klar, daß sie an einem wunderbaren und zweifellos sorgfältig vorbereiteten Zauberkunststück mitgewirkt hatte. Die Gabel zum Beispiel mußte irgendwo in Adams Anzug verborgen gewesen sein, ebenso ein zweites Ei – wie er sich allerdings eines mit den Unterschriften von zwei Preisrichtern verschafft hatte, das war und blieb ihr ein Rätsel.

Aber wenn es sich so verhielt – und anders konnte es gar nicht sein –, dann hatte Adam natürlich keine Vorbereitungen für eine Wiederholung seines erstaunlichen Tricks getroffen und würde daher bei einer zweiten Vorführung durchfallen. Der Gedanke, ihn gedemütigt zu sehen, war für Jane unerträglich, ganz abgesehen davon, daß Malvolios Aufforderung unfair war.

Aber Adam nickte lächelnd und sagte: «Wenn Sie es wünschen, werde ich gern ...»

«Nein!» Der gebieterische Ausruf wurde von einem heftigen Faustschlag auf den Tisch begleitet, so daß einige der hübschen Assistentinnen erschrocken kreischend von ihren Stühlen hochfuhren. «Ich sage nein!»

Es war der alte Professor Alexander, der sich erhoben, diese Worte gesprochen und mit der Faust auf den Tisch geschlagen hatte.

«Was fällt euch denn ein?» schrie er. «Malvolio, wie können Sie sich unterstehen . . .? Sie kennen die Regeln ebensogut wie wir anderen – man darf nie einen Zauberer auffordern, einen Trick zu wiederholen. Ihr alle seid soeben Zeugen einer der schönsten Darbietungen geworden, die ich in meinem langen Leben gesehen habe. Und ihr sitzt da wie die Ölgötzen, statt einen Meister seiner Kunst anzuerkennen. Ich, ich sage bravo!» Damit klatschte er, Adam zugewandt, in die Hände.

Dieses Urteil des ältesten und weisesten Zauberers von Mageia entspannte die Atmosphäre, so daß die gute Stimmung wieder hergestellt wurde und alle im Saal donnernden Beifall spendeten. «Fabelhaft!» hörte man rufen. «Wunderbar!» und «gut gemacht!» Natürlich war das Ganze nur ein sehr raffinierter Trick gewesen, und nachdem Professor Alexander ihm das Siegel seiner Anerkennung aufgedrückt hatte, redeten sich alle ein, sie hätten es von Anfang an gewußt.

Trotzdem, in ihrem tiefsten Innern, ihnen selber kaum bewußt, nagte der Gedanke: Und wenn es nun doch keine Taschenspielerei war? Keines der üblichen Täuschungsmanöver, keiner der gewohnten Illusionstricks, sondern wirkliche, echte Zauberei?

Noch hatte Professor Alexander das Wort. «Ich beantrage, daß Adam der Schlichte zur Endausscheidung zugelassen wird. Und wenn Malvolio das Ei nicht zerschlagen hätte, wäre ich dafür gewesen, es in unserem Museum auszustellen.»

Daraufhin brachen die Zauberkandidaten von neuem in Beifall und Begeisterungsrufe aus, an denen sich – bis auf Malvolio – sogar die Preisrichter beteiligten.

Nun erhob sich der Große Robert, liebenswürdig und verbindlich wie immer, mit der jovialen, wohlwollenden Miene, die er in der Öffentlichkeit aufzusetzen pflegte. Trotz seiner Abneigung gegen Malvolio, den er fürchtete, hatte er gehofft, Adam werde die Herausforderung annehmen und damit offenbaren, ob er den Trick tatsächlich wiederholen könne. Aber nach Professor Alexanders heftiger Reaktion hängte der Große Robert wiederum schleunigst seinen Mantel nach dem Wind, und schon formten sich neue Pläne in seinem Kopf. «Adam der Schlichte, treten Sie vor!»

Adam folgte der Aufforderung und nahm ehrerbietig seine Kappe ab.

«Schön ernst bleiben», mahnte Mopsy.

«Sei still, du ungezogenes kleines Biest!» zischte Adam.

Der Große Robert legte soviel Pathos wie möglich in seine Stimme. «Adam der Schlichte, wir heißen Sie in Mageia willkommen. Sie haben die Prüfung bestanden, und es ist mir eine große Freude, Sie zu der morgen abend stattfindenden Endausscheidung für die Aufnahme in unsere Zaubermeistergilde zuzulassen. Fussmer, haben Sie das alles zu Protokoll genommen?»

«Jawohl, Herr Oberzauberer.»

«Ich danke Ihnen, Euer Gnaden», sagte Adam und fügte hinzu: «Bitte, darf Jane auch weiterhin meine Assistentin bleiben?»

Der Große Robert tat, als dächte er darüber nach, aber innerlich frohlockte er. Denn Adams Wunsch war überaus förderlich für den strategischen Plan, mit dessen Hilfe der Oberzauberer das Geheimnis von Adams sensationellem Trick zu enthüllen hoffte. Nach scheinbarem Zögern erklärte er: «Nun gut, da Jane sich bereits bewährt hat, stimme ich mit Vergnügen zu. Gleichzeitig erlaube ich mir, Sie in unser harmonisches Heim einzuladen, und bitte Sie, bei uns zu wohnen, solange Sie in Mageia sind. Meine Frau und ich werden entzückt sein, Sie unter unserem bescheidenen Dach zu bewirten.»

Adam hörte Mopsy murmeln: «Trau dem alten Gauner nicht. Er führt etwas im Schilde. Laß uns lieber in ein Hotel gehen.»

«Mopsy, du bist unmöglich.»

«Wie bitte?» fragte Robert.

«Mein Hund wollte wissen, ob Sie erlauben würden, daß er mich begleitet.»

«Aber selbstverständlich. Wir betrachten es als eine Ehre, ein so kluges Tierchen in unserer Mitte zu haben, zumal unsere liebe Jane ihm offensichtlich sehr zugetan ist.»

Während dieses Gesprächs waren aller Augen auf Adam und den Oberzauberer gerichtet, so daß niemand Malvolio beachtete, der sich zu Mephisto beugte und ihm ins Ohr flüsterte: «Sag jetzt nichts, aber hier ist irgendwas faul. Möglicherweise droht uns allen große Gefahr. Erwarte mich nach den Prüfungen im Kellergeschoß und bring Hamid, Universo und Fussmer mit und alle, die sonst noch auf unserer Seite sind. Aber laß es um Himmels willen den alten Tölpel Robert nicht wissen.» Mephisto nickte kaum merklich.

Der Oberzauberer sagte: «Also dann können wir fortfahren. Wen haben wir noch auf der Liste?»

«Jetzt kommt der letzte Kandidat, Euer Gnaden», antwortete Fussmer und rief einen Namen auf.

Es war ein junger Zauberer, der ein einfaches, aber gefälliges Kartenkunststück vorführte. Da alle noch ganz überwältigt von dem Erlebten waren, ließ man den letzten Kandidaten ohne weiteres zur Endausscheidung zu. Danach wurden belegte Brötchen und Erfrischungsgetränke serviert. Die Kandidaten und einige Mitglieder der Jury beglückwünschten Adam und Jane, die Mopsy in den Armen hielt.

Nun fühlten sich zwar alle erleichtert, weil ihre geheime Furcht, sie könnten etwas anderes gesehen haben als gewöhnliche Taschenspielerei, unbegründet zu sein schien, aber die Erregung war noch groß, und es bildeten sich kleine Gruppen, die eifrig über Adams Trick und seine Durchführung diskutierten.

Denn wenn es sich auch bei den meisten Magiern von Mageia um ehrenwerte und aufrechte Männer handelte, die nicht im Traum daran dachten, einem Kollegen einen Trick zu stehlen, so war es doch durchaus zulässig, daß jemand auf eigene Faust das Geheimnis ergründete. Dann durfte der betreffende die Nummer in sein Programm übernehmen. Man war also darauf gefaßt, daß der Fremde nichts über seine Methoden verraten würde.

Einige Zauberer waren allerdings leicht verärgert, daß ihr Bürgermeister den jungen Adam mit Beschlag belegte und damit ihrem Einfluß entzog. Immerhin stand zu befürchten, der Neue werde dem Großen Robert seinen Trick freiwillig preisgeben, so daß der Oberzauberer in den Besitz des Monopols gelangte.

Unterdessen machte sich Mephisto unauffällig an all die Kollegen heran, bei denen er ein geneigtes Ohr zu finden glaubte, und flüsterte jedem von ihnen zu: «In einer Stunde treffen wir uns im Kellergeschoß. Malvolio sagt, es geht um Leben und Tod. Ich rate Ihnen in Ihrem eigenen Interesse, sich ebenfalls einzufinden.»

In seiner schwarzen Seele hatte Malvolio eine neue Intrige gegen den Großen Robert ersonnen. Er war ganz und gar nicht mit dem einverstanden, was Professor Alexander über den Trick mit dem Ei gesagt hatte und hegte – als einziger, wie er glaubte – den Verdacht, der Fremde sei vielleicht mehr, als er schien, mehr als ein Zauberlehrling oder ein umherziehender Taschenspieler, wie schon so viele nach Mageia gekommen waren. Wenn er seine Vermutung beweisen und ganz Mageia vor der drohenden Gefahr warnen könnte, würde es ihm sicherlich gelingen, den Großen Robert zu verdrängen und selber Oberzauberer und Vorsteher der Gilde zu werden.

Zwei anderen Männern in der Versammlung kam das, was Adam vorgeführt hatte, ebenfalls nicht geheuer vor, und sie waren eher besorgt als begeistert. Der eine war Fussmer. Sosehr er sich auch den Kopf zerbrach, er konnte weder eine natürliche noch eine technische Erklärung für den Trick finden, mit dem Adam ihm das Gebiß aus dem Mund und in die von Jane gehaltene Kappe gezaubert hatte.

Der zweite war natürlich Ninian. Er war Adam äußerst dankbar, aber die Art und Weise, wie er die Prüfung bestanden hatte, machte ihn durchaus nicht glücklich.

Allein der Gedanke an das, was sich ereignen würde, wenn er am nächsten Abend seinen Trick nochmals vorführen sollte, trieb ihn fast zum Wahnsinn. Natürlich würde es ihm nie und nimmer gelingen, das Vogelbauer in ein Goldfischglas zu verwandeln; er war sich durchaus im klaren, daß er auch beim erstenmal nichts dergleichen getan hatte. Aber wenn er es nicht getan hatte, dann mußte es Adam gewesen sein; und wenn es Adam gewesen war – wie hatte er das bewerkstelligt? Und was sollte das alles bedeuten?

Sein Unbehagen wurde nicht geringer, als plötzlich der Große Robert, der bisher nie geruht hatte, ihn eines Blickes zu würdigen, den Arm um seine Schulter legte und wohlwollend sagte: «Wir möchten heute abend auch unseren alten Freund zum Essen bei uns sehen. Dann können wir uns in aller Ruhe und Gemütlichkeit über die prächtigen Kunststücke unterhalten, die wir an diesem Vormittag bewundert haben. Aber, aber, Ninian, Sie dürfen nicht nein sagen. Meine Frau wird entzückt sein. Platz ist genug. Acht Uhr, wenn ich bitten darf. Kommen Sie, wie Sie sind.»

10

Furcht befällt Mageia

«Wuff!» sagte Mopsy. «Mir gefällt es hier überhaupt nicht. Ich wollte, wir wären schon wieder draußen. Dieses Haus geht mir auf die Nerven. Und was die Zauberer betrifft, so habe ich von ihnen noch keinen einzigen wirklich guten Trick gesehen. Immer nur Papierblumen, Spielkarten, Billardkugeln, bunte Tücher, Münzen, die im Ärmel verschwinden, und Kaninchen, die aus einem Zylinderhut kommen. Was für ein alberner Platz, Kaninchen aufzubewahren! Und das nennt man hier Zauberei?»

«Mopsy, so darfst du nicht reden», mahnte Adam. «Diese Leute gehören zu den bedeutendsten Zauberern der Welt, und sie werden in allen Ländern geliebt und bewundert.»

«Pah.» Mopsy war nicht im geringsten beeindruckt. «Wenn ich ein Kind wäre, würden mich solche Vogelscheuchen wie Malvolio und Mephisto zu Tode erschrecken. Jane sagte ja auch, es überlaufe sie kalt beim Anblick dieses öligen Kerls – Hamid, oder wie er heißt.»

«Aber Mopsy, nun sei doch mal vernünftig. In Wirklichkeit sind sie ja gar nicht so. Es gehört einfach zu ihrer Nummer, geheimnisvoll zu wirken und Aufsehen zu erregen. Andere, zum Beispiel der Chinese und der Inder, sind auch nicht echt. Aber Exotik zieht nun mal beim Publikum.»

Diese Unterhaltung fand in dem Badezimmer statt, das man Adam im Hause des Oberzauberers zugewiesen hatte, und das wirklich höchst bemerkenswert war. Es hatte neben dem üblichen Komfort einen Allzweckstuhl mit einem Schaltbrett, dessen Knöpfe beschriftet waren. HÄNDE, stand da zu lesen. GESICHT. ZÄHNE. KAMM UND BÜRSTE. RASIEREN. GESICHTSWASSER. HAARWASSER. PUDER. MANIKÜRE. MASSAGE und so weiter.

Das Haus des Großen Robert war von außen ein altertümlicher Fachwerkbau mit spitzen Giebeln und Butzenscheiben, im Innern aber gab es unzählige elektrisch betriebene Zauberapparate. Was immer man wünschte – man brauchte nur auf einen Knopf zu drücken, und schon war es da.

«Sieh mal, Mopsy», sagte Adam, «ist das nicht fabelhaft? So etwas nenne ich Zauberei.» Er drückte auf eine Reihe von Knöpfen, zog an einem Hebel und setzte sich auf den Stuhl.

Sofort kratzte eine Nagelbürste energisch den Reiseschmutz unter seinen Fingernägeln hervor; eine rotierende Bürste putzte ihm die Zähne; ein Rasierapparat entfernte seine Bartstoppeln; aus Portionsfläschchen wurde er mit Gesichtswasser und Haarwasser beträufelt; ein Kamm und eine Bürste ordneten sein rotes Haar; ein mechanischer Arm kam aus der Wand und puderte ihm das Gesicht, ein Massagegerät knetete ihm Nakken und Schultern durch.

Vorher hatte der Oberzauberer seine Gäste durch das Haus geführt und ihnen voller Stolz die vielen mechanischen und magischen Vorrichtungen gezeigt. In der Bibliothek zum Beispiel brauchte man das Buch, das man lesen wollte, nicht aus dem Regal zu nehmen. Man wählte nur auf einer Drehscheibe die Nummer des Buches, stellte das gewünschte Kapitel und die Seitenzahl mit Hilfe eines Zeigefingers ein, und dann las das Buch seinen Inhalt laut vor.

Wenn man eines der ernst blickenden Porträts an der Wand anlächelte, lächelte es zurück. «Einer meiner älteren Tricks», bemerkte der Große Robert dazu. «Wenn es Sie interessiert, zeige ich Ihnen später, wie es gemacht wird.» Er gab sich die größte Mühe, Adam alles genau zu erklären; freilich tat er das nur, weil er hoffte, desto eher hinter das Geheimnis des Fremden zu kommen.

«Unsere magische Küche ist ganz auf Ton eingestellt», sagte er. «Wie Sie sehen, hat sie die üblichen Schäl-, Schneide- und Rührmaschinen, aber nichts braucht mit der Hand angefaßt zu werden. Hören Sie einen Bericht aus dem Bratofen.»

Er betätigte einen kleinen Schalter an der Seite des Ofens, und sogleich ertönte eine Stimme: «Hier ist alles in bester Ordnung. Der Braten bräunt gleichmäßig; in ungefähr einer Stunde dürfte er gar sein.»

«Sie werden in unserem magischen Bett sehr gut schlafen», sagte der Große Robert, während er Adam ins Schlafzimmer führte. «Hier ein paar eigene Erfindungen: Wenn Sie den Hebel dort umlegen, kommt eine Hand von oben herunter und reibt Ihnen den Rücken, bis Sie schläfrig werden. Durch diesen Schalter wird der Kissen-Aufschüttler in Gang gesetzt, der Ihr Kopfkissen aufschüttelt und die kühle Seite nach oben dreht, während Sie schlafen. Dies ist der Decken-Aufheber, der die heruntergerutschte Decke wieder über Sie breitet, und dies der Laken-Glätter, falls Sie ein unruhiger Schläfer sind, sich hin und her werfen und Ihr Laken zerknüllen. Der Wecker hat natürlich eine Stimme. Ich werde ihn für Sie einstellen. Er sagt: ‹Verzeihung, Sie müssen jetzt aufstehen›, und es gibt vier verschiedene Lautstärken: Flüstern, Murmeln, normaler Sprechton und ein unüberhörbares Gebrüll.»

Mopsy trottete hinter ihnen her, knurrte vor sich hin, schnüffelte mißtrauisch an allem und kläffte erschrocken, wenn plötzlich Gegenstände aus der Wand oder einem Schrank sprangen oder wenn Gläser mit Getränken unversehens aus den Armlehnen der Sessel kamen.

Nachdem Adam gebadet, seine Kleider gewechselt und sich vermittels des Allzweckstuhls verschönert hatte, war er ausgeruht, frisch, sauber und zum Festmahl bereit. «Und du?» sagte er zu Mopsy. «Eine kleine Reinigung könnte dir auch nicht schaden.»

«Soll ich mich etwa in das Ding da setzen?» rief Mopsy empört. «Nein, danke bestens! Ich habe nichts dagegen, wenn du mal mit dem Kamm durch mein Fell fährst und mir vielleicht das Gesicht ein bißchen wäschst, aber all dieser Hokuspokus macht mich nervös. Eine Wohnung muß eine richtige Wohnung sein, kein Rummelplatz. Ich wollte wirklich, wir wären in ein Hotel gegangen.»

«Wir haben es aber nicht getan. Ich bitte mir aus, daß du dich manierlich benimmst, besonders bei Tisch. Es ist eine große Ehre, bei dem Oberzauberer, Bürgermeister und Vorsteher der Zaubermeistergilde zu Gast zu sein.»

«Der alte Gauner! Wirklich, Adam, begreifst du denn immer noch nicht, weshalb er uns eingeladen hat, uns sein Haus zeigt und alles erklärt?»

«Ich finde das sehr liebenswürdig und gastfreundlich von ihm.»

«Haha!» spottete Mopsy. «Liebenswürdig und gastfreundlich! Das macht er doch nur, damit er dich bitten kann, ihm dafür das Geheimnis deiner Tricks zu verraten.»

«Na und? Wenn er mich danach fragt, werde ich es ihm sagen.»

«Bitte, Adam, tu das nicht!» Der Hund, plötzlich ernst geworden, stellte sich auf die Hinterbeine und legte eine Pfote auf das Knie seines Herrn. Durch eine Lücke in dem Haarvorhang konnte Adam sehen, daß Liebe und Sorge aus Mopsys Augen sprachen.

«Aber Mopsy, alter Junge, warum denn nicht? Was ist los mit dir?»

«Ich weiß nicht . . . es liegt irgendwas in der Luft. Ich kann's nicht erklären, aber Hunde sind da sensibler als Menschen – sie spüren es an den Barthaaren oder hinten am Rücken, wo der Schwanz anfängt. Ach, hättest du doch das Eierkunststück nicht gemacht. Damit hat das Unglück angefangen.»

«Was redest du da von Unglück, Mopsy? Es geht doch alles prächtig.»

«Warum habe ich dann dieses komische Gefühl?»

Adam seufzte. «Mopsy, du bist unverbesserlich. Du darfst nicht so mißtrauisch gegen alles und jeden sein.» Manchmal fragte er sich, ob es klug gewesen sei, Mopsy das Sprechen zu lehren. Im allgemeinen wissen Hundebesitzer von den Gefühlen und Gedanken ihrer Tiere nicht mehr, als daß sie hungrig sind, daß sie hinaus- oder hereingelassen werden wollen. Aber Mopsy, der gelernt hatte, sich auszudrücken, nahm kein Blatt vor den Mund, und so war es oft recht schwierig mit ihm. «Komm, komm», sagte Adam tröstend, «Kopf hoch! Laß uns vor dem Essen einen kleinen Spaziergang machen und frische Luft schnappen.»

Aber die empfindsame Stelle am Ende von Mopsys Rückgrat, die bewirkt, daß ein Hund manchmal vor Freude ungestüm mit dem Schwanz wedelt und ihn manchmal trübselig hängen läßt – diese Stelle ahnte etwas.

Im gleichen Augenblick sprach nämlich Malvolio der Mächtige mit eindringlichen Worten zu den Zaubererkollegen, die sich heimlich im Kellergeschoß des Rathauses versammelt hatten, in einem Extrazimmer neben dem Historischen Magischen Museum von Mageia, das sich ebenfalls im Souterrain befand.

«Wißt ihr, was es für euch alle bedeuten würde», rief er, «wenn ein echter Zauberer hier erschiene, einer, dem mit einer einzigen Handbewegung bessere Tricks gelängen als uns, die wir unser ganzes Leben dem Üben und der wissenschaftlichen Forschung geweiht haben?»

Keiner der Anwesenden antwortete. Sie saßen nur da und starrten vor sich hin. Zum erstenmal hatte jemand diesen kaum faßbaren Gedanken in Worte gekleidet, diesen Verdacht, der sie quälte, seit sie gesehen hatten, wie der Fremde, der angeblich mit seinem sprechenden Hund über die Straen-Berge gekommen war, ein Rührei zurückgeschlagen und wieder zu einem Ganzen zusammengefügt hatte.

Außer Malvolios Anhängern – speichelleckerische Kreaturen wie Mephisto, Universo und Abdul Hamid, gar nicht zu reden von dem Stadtschreiber Fussmer, der ein Doppelspiel trieb und abwartete, welche Seite gewinnen würde – hatten sich noch zehn, zwölf andere Zauberer zu der Versammlung eingefunden. Sie waren bei den Prüfungen teils als Richter, teils als Gäste zugegen gewesen.

Die meisten von ihnen fanden Malvolios Andeutungen lächerlich. Sie waren vernünftige, aufgeklärte Leute und fest überzeugt, daß es auf Erden nie eine andere Zauberei gegeben hatte als jene, die sie selber betrieben: mit manueller Geschicklichkeit oder mechanischen Hilfsmitteln ausgeführte Tricks, die man sorgfältig vorbereiten mußte, um das Publikum zu täuschen und zu unterhalten. Und doch . . .

Schon wenn man diese beiden Wörtchen ‹und doch› nur flüsterte (und Malvolio hatte sie in der letzten halben Stunde immer von neuem herausgeschrien), eröffneten sich die erschreckendsten Perspektiven. Wer würde je wieder die übliche Bühnenzauberei sehen wollen, wenn der Tag kam, an dem es möglich war, vor aller Augen eine lebende Dame oder sogar einen Elefanten verschwinden zu lassen, und zwar ohne komplizierte Apparate, ohne Spiegel, Falltüren und eine Schar von Helfern?

Die Folgen waren leicht abzusehen: Sämtliche Zauberer von Mageia würden mitsamt ihren Familien elend verhungern, oder zumindest wäre ihr Lebenswerk ruiniert.

«Ich sage euch, der Große Robert ist ein Dummkopf», sprach Malvolio weiter. «Für ihn ist alles heilige Wahrheit, was der alte Tattergreis Alexander von sich gibt. Er denkt nur an sich selbst und will unbedingt herausfinden, wie der Eiertrick gemacht wird, damit er ihn übernehmen kann. Deshalb bewirtet er den Fremden in seinem Haus. Im Gegensatz zu mir interessiert er sich weder für eure Belange noch für das Wohl von Mageia.»

Die Tatsache, daß der Name des alten Professors Alexander erwähnt wurde, schien die Gemüter zu besänftigen und trug wohl auch dazu bei, die Schreckensbilder einer düsteren Zukunft zu verscheuchen.

«Ich muß doch sehr bitten, Malvolio», unterbrach Verini der Verblüffende. «Für das alles haben Sie nicht die Spur eines Beweises. Sie sind kein bißchen besser als diese Dummköpfe im Publikum, die sich nach einer gelungenen Vorführung einbilden, wir besäßen übernatürliche Kräfte, und die uns bitten, ihre tote Großmutter heraufzubeschwören.»

Aber Malvolio ließ sich nicht in Verlegenheit bringen. «Und wenn ich euch den Beweis liefere?» trumpfte er auf. Wieder wußte niemand eine Antwort.

«Aha», rief Malvolio spöttisch, «das hat euch die Sprache verschlagen, wie? Ich weiß, was ihr denkt—dasselbe wie ich.» Er fuhr sich mit dem Finger quer über den Hals – eine unmißverständliche Geste, die den anderen einen gehörigen Schreck einjagte. Denn genau das war es, was viele gedacht hatten, obwohl sie es gleich darauf als unmöglich und unzivilisiert verwarfen. Was sollte aus der Welt werden, wenn man einfach hinging und jedem die Kehle durchschnitt, der einem im Weg stand oder die Existenz bedrohte?

«Und Sie, Fussmer», fuhr Malvolio den Schreiber an, «wie konnten Sie diesen Burschen zur Prüfung zulassen? Ich habe mir seinen Aufnahmeantrag angesehen. Sie hätten ihn aus einem halben Dutzend Gründen ablehnen können.»

Fussmer wurde erst rot und dann blaß. «Das ist meine Sache», protestierte er. «Ich möchte mich dazu nicht äußern.»

«Ach, wirklich nicht?» entgegnete Malvolio drohend. «Nun, Sie sollten lieber mit der Sprache herausrücken, wenn ich Ihnen raten darf. Ich habe diese Versammlung nicht zum Spaß einberufen. Nächsten Monat sind die Wahlen, ein Wort von mir genügt, damit Sie Ihre Stellung loswerden.»

Der dicke Fussmer besaß nicht viel Rückgrat. «Also», sagte er zitternd, «er hat m-mich gezwungen. Er hat mir die Z-Zähne aus dem Mund gestohlen.»

«Wie? Was? Wer?»

Die Fragen prasselten von allen Seiten auf Fussmer herab, und der Stadtschreiber, jetzt wieder krebsrot im Gesicht, gestand: «Sie sind nämlich nicht echt.» Und dann erzählte er ausführlich, was sich bei der Unterredung mit Adam zugetragen hatte.

«Zeigen Sie uns mal Ihr Gebiß», verlangte Mephisto.

«Muß ich?» fragte der unglückliche Schreiber.

«Nun machen Sie schon, geben Sie her», befahl Malvolio.

Verschämt nahm der dicke Fussmer sein Gebiß heraus.

«Und Sie haben gar nichts gemerkt?» wollte Universo wissen.

«Kein biffchen.»

«Danke. Sie können's wieder einsetzen», sagte Malvolio. Und zu den anderen gewandt: «Na, wer von euch macht das nach?»

«Was? Jemandem das Gebiß aus dem Mund stehlen, ohne daß er's merkt?» rief Mephisto. «Bist du verrückt? Das ist *Zauberei.*»

Das Wort klang so scharf, so metallisch, als habe jemand einen Feuerhaken zu Boden fallen lassen.

«Nun», sagte Malvolio, «braucht ihr noch mehr Beweise?»

Glorini der Glänzende stand auf. «Langsam», mahnte er, «langsam, alter Junge. Sie haben nur Fussmers Aussage, und jeder weiß, daß er der leichtgläubigste Mensch in Mageia ist.»

Fussmer begann heftig zu protestieren, doch Saladin der Seltsame schnitt ihm das Wort ab. «Glorini hat recht», meinte er. «Wenn ich einen Einfaltspinsel für einen Trick brauchte, würde ich Fussmer nehmen. Wahrscheinlich hat ihn der Bursche sehr geschickt abgelenkt und ihm dann die Beißerchen blitzschnell stibitzt. Ich glaube fast, ich könnte es auch.»

«Ja», sagte Glorini, «so wird's gewesen sein. Sie müssen schon bessere Argumente vorbringen, Malvolio.»

Der schieläugige kleine Gaukler wurde blaß vor Ärger, als er sah, wie ihm die Felle wegschwammen. Sein Plan, die Herrschaft in Mageia an sich zu reißen und den Großen Robert zu stürzen, indem er Adam bloßstellte, drohte fehlzuschlagen. Es genügte nicht, Ränkeschmiede und willige Jasager wie Abdul Hamid, Mephisto und Universo auf seiner Seite zu haben; er mußte auch die vernünftigen und intelligenten Mitglieder der Gilde für sich gewinnen. Er dachte angestrengt nach und knurrte schließlich: «Das also glaubt ihr? Na schön, aber was ist mit Ninian?»

«Was soll mit dem armen alten Ninian sein?» fragte Wang Fu. «Er hat es endlich geschafft. Was hat das damit zu tun?»

«Ich muß Malvolio recht geben», warf Mephisto ein. «Habt ihr schon einmal erlebt, daß Ninian irgend etwas gelungen ist?»

«Sähr rrichtig», sagte Hamid. «Ich habe ihm oft zugesähn. Ninian hätte diesen Trick in hundärrt Million Jahren nicht machen kennen. Und ich sage eich: Keiner hätte es kennen.»

Diesmal schwieg die Stimme der Vernunft. Denn jeder im Zimmer verstand etwas von Zauberei und wußte, daß Hamid recht hatte. Es gab in ihrer Kunst nur ganz bestimmte Dinge, die man tun konnte, und vor den Augen des Publikums ohne Zuhilfenahme eines Umhangs oder einer Servante ein komplettes Goldfischglas erscheinen zu lassen – das war unmöglich.

Malvolio beeilte sich, seinen Vorteil wahrzunehmen. «Da habt ihr's», triumphierte er. «Genau meine Meinung.»

«Aber nur Ninian könnte uns sagen, wie er's gemacht hat», meinte Frascati der Famose, selber ein Altmeister erstaunlicher Darbietungen, und fügte mit gedämpfter Stimme hinzu: «Oder wer es sonst gewesen ist.»

Malvolio griff diese Bemerkung gierig auf. «Genau!» rief er. «Ninian ist der Schlüssel. Wenn ich ihn herschaffe und die Wahrheit aus ihm herauspresse, werdet ihr mir dann glauben?»

«Ich fürchte, etwas anderes wird uns nicht übrigbleiben», erklärte in ernstem Ton der Magier, der sich Radscha Pundschab nannte, und keiner widersprach ihm.

Malvolio bemühte sich, seine Genugtuung zu verbergen, denn er fühlte sich dem Sieg schon ganz nah. Skrupellos, wie er war, hatte er keine Bedenken, die Nachfolge des Großen Robert auch über Adams Leiche anzutreten, ja, er war sogar fest dazu entschlossen.

«Also gut», sagte er. «Ich beantrage, daß wir uns bis morgen mittag vertagen. Inzwischen werde ich Ninian auffordern, vor uns zu erscheinen. Mit höflichen, freundlichen Worten natürlich, damit er nicht erschrickt. Und wenn wir ihn hier haben, überlaßt das weitere nur mir. Der Große Robert darf nichts davon erfahren, also bewahrt bis morgen äußerstes Stillschweigen.»

Seinen Gefolgsmännern – Mephisto, Universo, Hamid und Fussmer (der Letztgenannte hatte sich ungewollt in seine Hand begeben) – erteilte er jedoch andere Anweisungen.

So wurde die Flüsterkampagne in Mageia in die Wege geleitet. Denn mittlerweile gab es kaum noch einen Bewohner der Stadt, der nicht von dem wunderbaren und unerklärlichen Trick des jungen, fremden Zauberers gehört hatte. Schon machte sich auf dem Markt und in den Geschäften eine empfindliche Knappheit an Eiern bemerkbar, da sie von Zauberern aufgekauft wurden, die eines nach dem anderen aufschlugen und verzweifelt Adams Geheimnis zu ergründen suchten. Natürlich war keines dieser Experimente erfolgreich, und so liehen die Magier von Mageia um so bereitwilliger ihr Ohr dem Gerücht, das sich mit Windeseile verbreitete: «Es war überhaupt kein Trick. Malvolio hält diesen Adam für einen echten Zauberer. Das ist die einzige Erklärung. Haltet die Augen offen und sprecht nicht darüber» – eine Aufforderung, die ebensogut hätte lauten können: «Erzählt es jedem, der euch begegnet.»

11

Das gestörte Festmahl

Ninian fühlte sich nicht sehr behaglich bei dem Festmahl, das der Große Robert an diesem Abend gab und bei dem es hoch herging. Hätte er jedoch gewußt, was am Nachmittag im Kellergeschoß des Rathauses ausgeheckt worden war und was man gegen ihn im Schilde führte, dann wäre er noch viel unruhiger gewesen.

Der Große Robert gebärdete sich ganz als Weltmann: freimütig, wohlwollend, ein liebenswürdiger Gastgeber. Sein Sohn Peter schaute drein wie ein Kater, der einen Kanarienvogel gefressen hat, und Frau Robert brachte nur die allernotwendigste Höflichkeit auf, denn der Fremde war ihr unsympathisch, und sie fand ihn dank ihrer weiblichen Intuition sogar ein bißchen unheimlich. Auch hatte ihr Mann nichts davon gesagt, daß er einen Logiergast mitbringen würde, und Eigenmächtigkeiten liebte sie nicht. Außerdem hatte sie etwas gegen Hunde. Sie war keine reizlose Frau, bis auf die Augen, die zu dicht zusammenstanden, und den Mund, der etwas zu klein war, um großzügig zu wirken. Sie nahm ihre Stellung als Gattin des Oberzauberers sehr wichtig.

Was Adam anging, so war er verwirrt und beunruhigt, weil seine Freundin und Assistentin Jane in der Tischrunde fehlte.

«Sie ist müde», erklärte der Große Robert. «Zuviel Aufregung. Schließlich ist sie ja noch ein Kind. Was Sie uns heute morgen geboten haben, mein Lieber, war großartig, aber für Jane doch wohl zu anstrengend. Sie ist so etwas nicht gewohnt und klagte nachher über Kopfschmerzen. Ihre Mutter hielt es für besser, sie zeitig ins Bett zu schicken. Morgen früh wird sie wieder frisch und munter sein.»

Adam glaubte ihm, denn er wußte ja, daß Jane ein empfindsames Mädchen war. Mopsy hingegen ließ sich nicht so leicht hinters Licht führen. «An dem ganzen Gerede ist kein wahres Wort», knurrte er. «Hier ist irgend etwas faul.»

Ninian war natürlich nervös, weil er sich so unvermittelt aus der Tiefe seiner Bedeutungslosigkeit in die erste Gesellschaft von Mageia erhoben sah. Noch mehr aber setzte ihm die Befürchtung zu, man werde ihn bitten, seine Goldfischglas-Nummer zu erklären.

Wären die Gäste nicht mit ihren eigenen Gedanken beschäftigt gewesen, so hätten sie bestimmt mehr Begeisterung über die mechanischen Erfindungen des Großen Robert gezeigt. Kleine Eisenbahnschienen waren über den Tisch gelegt, komplett mit Weichen, Stellwerken und Halteplätzen vor jedem Gedeck. Diese Schienen führten in die Küche, und zwar durch zwei kleine Klapptüren, die sich jedesmal, wenn ein Gang fertig war, öffneten und einen von einer elektrischen Lokomotive gezogenen Zug hinausließen. Die Speisen waren appetitlich auf flachen Waggons angerichtet; der Zug hielt vor jedem Gast, damit er sich bedienen konnte, und eilte dann weiter. In der Mitte des Tisches befand sich ein kleiner künstlicher Teich mit winzigen Booten, die als Behälter für Pfeffer, Salz, Senf und Ketchup dienten; wenn man auf einen Knopf drückte, kamen sie angeschwommen und legten dort an, wo sie beschäftigt wurden. Ein Brunnen mit vier Röhren spendete Rotwein, Weißwein, Bier oder Fruchtsaft.

Nach einem opulenten Truthahn-Dinner erschien der Zug zum letztenmal mit einer märchenhaften Ladung von verschiedenen Sorten Eiskrem, frischen Erdbeeren, Törtchen, Keksen und Konfekt. Der Kaffee wurde aus einem Silberballon serviert, der von der Decke herabschwebte.

Adam dachte an die von Kopfweh geplagte Jane, die jetzt vermutlich in ihrem verdunkelten Zimmer lag, und er hoffte, die Mutter werde ihr wenigstens ein paar von diesen Leckerbissen bringen lassen. Er machte sich Vorwürfe, daß er ihr möglicherweise mehr Aufregungen zugemutet hatte, als sie verkraften konnte. Aber sie fehlte ihm auch, und ihn beschlich der Verdacht, man halte sie absichtlich von ihm fern.

Der Große Robert war in blendender Form. Er verbreitete sich belehrend und zugleich unterhaltsam über Magie und Magier der Vergangenheit, ging dabei bis zu Olims Zeiten zurück und verfocht die These, daß ein sogenannter Zauberer in keinem Fall etwas anderes sei als ein gewandter und geübter Artist, der die Rolle des Magiers spiele.

«Seit eh und je hat es solche Magier gegeben», dozierte er, «Priester, die große Macht erlangten, weil sie es besser als andere verstanden, ihre Mitmenschen hinters Licht zu führen. Aber kennen Sie den ersten überlieferten Zaubertrick, Adam? Und Sie, Ninian?»

Beide schüttelten den Kopf.

«Aber meine Herren, Sie sollten Ihre Bibel genauer lesen.»

Peter hob die Hand und rief: «Papa, ich weiß es!»

«Sehr gut, dann laß mal hören», sagte der Große Robert stolz.

Und Peter schnurrte herunter: «Aaron wetteiferte mit den Zauberern von Ägypten am Hofe Pharaos; zweites Buch Mosis, Kapitel sieben, Vers zehn, elf und zwölf. ‹Und Aaron warf seinen Stab vor Pharao und vor seinen Knechten und er ward zur Schlange›», zitierte Peter und fuhr fort. «‹. . . die ägyptischen Zauberer taten auch also mit ihrem Beschwörer. Ein jeglicher warf seinen Stab von sich, da wurden Schlangen daraus; aber Aarons Stab verschlang ihre Stäbe.›»

«Famoser Trick, wie?» meinte Robert. «Nicht ganz so phantasievoll wie Ihrer mit dem Ei, mein Lieber, aber schon recht nett. Wollen Sie wissen, wie Aaron es gemacht hat?»

«Durch Zauberei natürlich», erwiderte Adam.

«Aha – durch Zauberei, sagen Sie. Gewiß, gewiß, aber wie und auf welche Weise? Es gibt für alles eine Erklärung, nicht wahr, mein Freund?»

Außer Adam hörte niemand, daß Mopsy, der unter dem Tisch lag, ihn flüsternd warnte: «Vorsicht, Adam!»

Er antwortete nicht, und so sprach der Oberzauberer nach kurzem Zögern und einem scharfen Blick auf seinen Gast weiter: «Aaron war nicht auf den Kopf gefallen und wußte einiges, und das gleiche gilt für Pharaos Zauberer, sonst wären sie nicht bei Hof angestellt gewesen. Bei den Stäben handelte es sich um wirkliche Schlangen, die aber durch Hypnose stocksteif geworden waren. Als man sie auf den Boden warf und ihnen über den Rücken strich, erwachten sie sozusagen zu neuem Leben und krochen umher. Und natürlich war Aaron schlauer als die Ägypter und übertrumpfte sie. Er hatte dafür gesorgt, daß seine Schlange die größte war, damit sie die anderen verschlingen konnte.»

«Großartig!» sagte Ninian. «Sehr geschickt. Auf so etwas wäre ich nie gekommen. Aber wenn ich es versuchte, würde sich meine Schlange bestimmt nicht hypnotisieren lassen, sondern den Kopf wenden und mich beißen.»

Adam jedoch war enttäuscht. Er hätte gern gewußt, warum Robert und all die anderen so erpicht darauf waren, die einfachsten Zaubereien zu begründen und zu erklären. Er sagte: «Wäre es nicht am einfachsten, Stäbe in Schlangen zu verwandeln und sich das ganze Getue zu sparen?»

Mopsy flüsterte: «Adam, um Himmels willen, sieh dich vor!»

Sein Herr lächelte, brach ein Stückchen Torte mit rosa Zuckerguß ab und warf es unauffällig unter den Tisch.

«Keine Bestechung, wenn ich bitten darf», zischte Mopsy. «Ich will ja nur vermeiden, daß es Ärger gibt.»

Tatsächlich musterte der Große Robert seinen Gast sehr befremdet; auch Frau Robert und Peter wechselten Blicke und stießen einander heimlich an.

Ninian tat, als habe er sich an einem Erdbeertörtchen verschluckt, und hustete heftig.

Robert nahm den Faden wieder auf und überbrückte die Verlegenheitspause, indem er sagte: «Ja, ja, natürlich; ich weiß, was Sie meinen. Nur wäre es mit echten Stäben wahrscheinlich nicht so einfach – all die vielen Vorbereitungen, von der notwendigen Intelligenz gar nicht zu reden. Ein guter Zauberer muß nämlich neben allem anderen auch ein

Erfinder sein. Wie Sie und Ninian zum Beispiel. Was Ihre kleine Nummer angeht, mein lieber Ninian, so ist sie sehr klug ersonnen und beweist, daß Sie viel intelligenter sind, als wir alle dachten. Und solche Dinge auszutüfteln, das kostet Zeit, viel Zeit. Männer wie Hermann der Große und Robert Houdin, nach dem ich heiße, haben manchmal jahrelang in ihren Laboratorien und Werkstätten gearbeitet, bis sie den Mechanismus eines Tricks so vervollkommnet hatten, daß sie zufrieden waren und ihn dem Publikum vorführen konnten.»

Hier räusperte sich der Oberzauberer, bevor er seine Rede fortsetzte.

«Ich denke da zum Beispiel an die außerordentliche Routine, mit der Sie, lieber Adam, heute vormittag Ihren Eiertrick vorführten. Ich bin sicher, daß Sie einige Jahre geopfert haben, um alle Details zu meistern. Wunderbar! Schlägt das Ei in den Teller, macht Rührei daraus, rührt es zurück, füllt es wieder in die Schale – *ecco!* Und das Ei ist wie frisch gelegt. Sie wären wohl nicht bereit – ähem –, uns wissen zu lassen – haha –, wie Sie's gemacht haben, oder doch? Nur hier im allerengsten Kreis, verstehen Sie, es bleibt unter uns. Ich habe Ihnen ja auch viele von meinen Tricks gezeigt. Nun, was meinen Sie?»

«Aber gern», erwiderte Adam und fühlte im gleichen Augenblick, wie sich ein scharfer kleiner Zahn in seinen Knöchel grub.

Der Große Robert, seine Frau und sein Sohn beugten sich vor, damit ihnen nur ja kein Wort entginge. Sie konnten ihr Glück kaum fassen – was sie auf andere Weise nie erfahren hätten, das wollte dieser Einfaltspinsel ihnen freiwillig erzählen.

«Es ist Zauberei», sagte Adam. «Ganz gewöhnliche Zauberei.»

Die Familie Robert atmete ihre Enttäuschung in einem hörbaren Seufzer aus, so daß es klang, als entweiche die Luft aus einem undichten Ballon. Der Oberzauberer faßte sich als erster. Er lachte gezwungen. «Haha, haha! Zauberei! Gewöhnliche Zauberei. Sehr gut, mein Junge, sehr gut. Ich sehe, auch Sie wissen ein Geheimnis zu hüten, wie es jeder gescheite Zauberer tun sollte, und ich kann Sie dafür nicht tadeln.»

«Aber ich sagte Ihnen doch . . . Au!»

Aus dem einen Zahn, der sich in Adams Knöchel bohrte, waren acht geworden, und sie meinten es ernst.

«Tut Ihnen etwas weh?» fragte Frau Robert.

«Nein, nein, danke. Es ist nur mein Hund, der wohl noch ein Stückchen Kuchen möchte. Hier, du Gierschlung.»

«Nun ja –» der Große Robert triefte wieder vor Freundlichkeit – «vielleicht werden Sie ein wenig mehr Vertrauen zu uns haben, wenn wir uns besser kennen. So gut wie Ninian und ich. Wir beide sind ja schon uralte Bekannte, nicht wahr, mein Lieber?»

Dem langen, melancholischen Zauberer trat der Schweiß auf die Stirn.

Er wußte oder ahnte, was kommen würde.

«J-ja, d-das stimmt.»

«Also Ihre neue Nummer mit dem Goldfischglas – fabelhaft! Ich vermute, Sie haben sich da einen Spiegeltrick ausgedacht, wahrscheinlich kombiniert mit einer neuartigen Eskamotage?»

«O nein, es waren keine Spie ...» begann Adam in aller Unschuld, verstummte jedoch mitten im Satz, als Mopsy sich fest in seinen Knöchel verbiß.

Aber der Große Robert hatte genug gehört, um ärgerlich zu werden. «Aha, keine Spiegel, sagen Sie. Also bitte, Freund Ninian, vielleicht haben Sie die Güte, uns Ihren Trick zu verraten, denn das sind Sie uns doch wohl schuldig. Was Sie in früheren Jahren geboten haben, waren nicht gerade Starnummern, und wir mußten sehr nachsichtig mit Ihnen sein. Ich selber habe Sie mehr als einmal vor dem Ausschluß bewahrt.»

Wieder breitete sich tiefes Schweigen aus, während alle die Ohren spitzten und der arme Ninian, weiß wie das Tischtuch, hilflos von Adam zu Robert, zu Frau Robert, zu Peter und dann wieder zu Adam hinüberstarrte.

In diesem Augenblick ertönte unter dem Tisch ein sonderbares Geräusch – eine Mischung von Schnaufen, Husten und würgendem Keuchen.

Alle zuckten zusammen. «Du lieber Himmel!» rief Robert. «Was ist denn das?»

Adam hob das Tischtuch an. «Ach herrje», sagte er, «es ist Mopsy. Ich fürchte, er muß sich übergeben. Ich hätte ihn nicht mit Kuchen füttern dürfen.»

«Um Gottes willen!» schrie Frau Robert und sprang auf. «Nicht auf meinen besten Teppich. So tun Sie doch etwas!»

«Schnell, bringen Sie ihn hinaus», befahl der Oberzauberer, während die Würgelaute stärker wurden.

Adam bückte sich. «Schon gut», sagte er, «noch ist nichts passiert. Und jetzt habe ich ihn ja.» Er griff sich Mopsy und eilte mit ihm hinaus auf die Straße. Als er ihn am Rinnstein absetzte, verstummten die Geräusche augenblicklich, denn dem Hund war natürlich nicht übel.

Im Gegenteil, er war quietschvergnügt und wollte sich vor Lachen ausschütten. «Wir sind noch einmal davongekommen», sagte er. «Wie hat dir meine Darbietung gefallen?»

«Mopsy!» rief Adam entrüstet. «Wie konntest du nur? Das war ja fürchterlich. Du hast alle zu Tode erschreckt, mich nicht ausgenommen.»

«Ein Ablenkungsmanöver», erklärte Mopsy. «Was hätte sonst Ninian in der nächsten Sekunde gesagt? Daß *du* bei dem Trick für ihn eingesprungen bist.»

«Wahrhaftig! Daran hatte ich nicht gedacht. Wie klug von dir! Vielen Dank.»

«Bitte sehr. Es war ein kritischer Augenblick, aber ich glaube, es ist uns gelungen, die Party zur rechten Zeit auffliegen zu lassen.»

So war es. Als Adam mit Mopsy auf dem Arm ins Haus zurückkehrte, fragte der Große Robert äußerst besorgt, ob sich das arme Tierchen schon besser fühle, und Frau Robert streichelte es sogar, weil sie sich freute, daß ihrem guten Teppich nichts passiert war.

In der allgemeinen Aufregung vergaß man die Frage, die an Ninian gestellt worden war, und der lange Zauberer benutzte die Gelegenheit, sich zu verabschieden. Man sagte einander gute Nacht, und wenig später waren Adam und Mopsy allein in dem Schlafzimmer, in dem sie ihre erste Nacht in Mageia verbringen sollten.

Aber noch kamen sie nicht zum Schlafen. Als Mopsy sich am Fußende des Bettes zusammengerollt hatte und Adam schon vor sich hindämmerte, wurden sie durch ein sonderbares Klopfen aufgeschreckt, das vor dem offenen Fenster ertönte. Mopsy knurrte, und Adam stand auf, um nachzusehen, was da los war.

Vor dem Fensterrahmen, in dem hellen Mondlicht deutlich zu erkennen, hing an einer Schnur etwas herunter, was wie ein kleiner Pappzylinder oder der Deckel einer runden Schachel aussah. Adam griff danach. Was es auch sein mochte, es kam von oben, und als er hinaufblickte, hörte er Jane flüstern: «Es ist ein Privattelefon. Ich habe es selber gemacht. Zum Sprechen müssen Sie es an den Mund halten und zum Hören ans Ohr.»

Das tat Adam, und wieder meldete sich das Mädchen: «Hier ist Jane. Können Sie mich verstehen? Ziehen Sie die Schnur straff, sonst funktioniert es nicht.»

«Ja, ich verstehe dich gut.»

«Was haben meine Eltern von mir gesagt?»

«Daß du müde bist und Kopfweh hast und zeitig zu Bett gegangen bist.»

«Ist alles nicht wahr! Sie haben mich in meinem Schlafzimmer eingesperrt, und ich mußte ohne Abendbrot ins Bett gehen.»

«O nein!» rief Adam empört.

«Was gibt's denn?» wollte Mopsy wissen. «Darf ich auch mal hören?»

«Jetzt gebe ich dir Mopsy», sagte Adam und preßte die Papprolle an das Ohr des Hundes.

«Ach, Mopsy, ich bin furchtbar unglücklich. Ich habe nichts zu essen bekommen, und Peter hat mich so sehr gekniffen, daß ich grüne und blaue Flecke habe.»

«Adam», rief Mopsy, «das ist ja schrecklich! Man martert sie und läßt sie hungern.»

Adam griff wieder nach dem Apparat. Zwar konnten sie einander auch ohne ‹Telefon› deutlich verstehen, aber so war es spannender. «Jane», flüsterte er, «wie leid mir das alles tut! Was ist denn nur geschehen?»

«Ich sollte ihnen unbedingt verraten, wie Sie den Trick mit dem Ei gemacht haben, und das konnte ich doch nicht. Alle behaupteten, ich müsse es wissen, weil jeder Zauberer seine Assistentin einweiht. Dann wurden sie wütend und sagten, ich bekäme kein Abendbrot, und Peter kniff mich. Den Arm hat er mir auch umgedreht. Ach bitte, bitte, erklären Sie mir den Trick, Herr Adam! Morgen früh werden sie wieder mit mir schelten, und ich habe solche Angst.»

«Arme Jane, es ist ganz allein meine Schuld. Aber du brauchst keine Angst mehr zu haben. Jetzt ist nämlich alles in Ordnung. Ich habe deinen Eltern erzählt, wie es gemacht wurde.»

«Nachdem ich mich vergebens bemüht hatte, ihn zum Schweigen zu bringen», warf Mopsy ein. «Zum Glück haben sie ihm nicht geglaubt.»

«Dann erzählen Sie es mir auch, für den Fall, daß . . .»

«Aber du weißt es ja schon. Es war einfache, schlichte Zauberei, genau wie die Sache mit der Rose oder mit Fussmers Gebiß. Zauberei scheint die einzige Methode zu sein, die ich beherrsche. Wenigstens so einigermaßen . . .»

Adam fühlte plötzlich, wie der Pappzylinder mit einem Ruck nach oben gezogen wurde. Dann hörte er Jane schluchzen.

«Jane, was ist denn?» rief er. «Geh nicht fort.»

«Sie mit Ihrer blöden Zauberei!» stieß sie hervor und äffte ihn nach: «*Einfache, schlichte Zauberei.* Sie wollen mir nicht helfen. Und morgen fallen die wieder über mich her.»

«Beruhige dich doch», bat Adam. «Ich verspreche dir, sie werden es nicht tun.» Dann fragte er: «Soll ich dir ein leckeres Abendbrot zaubern? Ich könnte es dir im Handumdrehen hinaufschicken.»

«Nein, nein. Lassen Sie mich in Ruhe! Gehen Sie weg!» Damit schlug sie das Fenster zu.

«Armes Ding», sagte Mopsy. «Ich hab's ja gleich gewußt, daß da etwas nicht stimmte und daß die Kopfschmerzen nur eine Erfindung von ihrem Vater, dem alten Schwätzer, waren. Was machen wir jetzt?»

«Sei still und geh schlafen», erwiderte Adam. «Ich will versuchen, mir etwas einfallen zu lassen.» Er lag noch lange im Dunkeln wach und meinte, Jane oben in ihrem Zimmer weinen zu hören.

12

Ein seltsames Picknick

Am nächsten Tag kam es jedoch ganz anders, als sie befürchtet hatten. Statt sich mit neuen Verwicklungen und Ärgernissen herumschlagen zu müssen, wurden Jane, Adam und Mopsy von den Roberts auf einen Picknick-Ausflug geschickt. Gegen Mittag machten sie sich auf den Weg. Jane trug den Picknickkorb, Mopsy trottete an Adams Seite, und so wanderten sie auf der mit Kopfsteinen gepflasterten Straße zum Stadttor hinunter. Aber die freundschaftlichen Beziehungen zwischen den dreien waren empfindlich gestört.

Jane ging schweigend und mit niedergeschlagenen Augen. Adam dachte, sie sei ihm vielleicht noch vom Vorabend her böse, denn er ahnte ja nichts von der Aufgabe, mit der man sie betraut hatte und die ihr das Herz schwer machte.

Auch Mopsy war ungewöhnlich schweigsam. Er hatte nur beim Aufbruch zu Adam gesagt: «Ich möchte wetten, das wird ein komisches Picknick.»

«Komisch? Meinst du zum Lachen?» hatte Adam gefragt.

«Nein. Komisch im Sinne von sonderbar.»

Ein wenig später murmelte Mopsy: «Sag nichts, aber ich habe eben an dem Korb geschnüffelt. Puh!» Und als Adam wissen wollte, was er in dem Korb vermute, antwortete er: «Etwas sehr Widerwärtiges. Es roch wie kaltes Hammelfleisch und uralte Sardinen.»

Als sie um eine Ecke bogen, stießen sie auf Ninian; ja, sie hätten ihn beinahe umgerannt, denn er schlurfte mit gesenktem Kopf die Straße entlang. Wie immer lag ein melancholischer Ausdruck auf seinem Gesicht.

«Hallo, Ninian», sagte Adam, «wohin gehen Sie? Wir veranstalten ein Picknick. Wollen Sie nicht mitkommen?»

«Ein Picknick!» rief Ninian, und für eine Sekunde leuchteten seine traurigen Augen auf. «Ich finde Picknicks herrlich, nur habe ich kaum jemals Gelegenheit, eines mitzumachen.»

Sogleich aber verdüsterte sich seine Miene aufs neue. «Leider kann ich Sie nicht begleiten. Ich habe einen Brief von Malvolio erhalten, in dem er mich auffordert, an einer Versammlung teilzunehmen, die heute mittag stattfindet. Ich hoffe nur, man wird mich nicht fragen – nun, Sie wissen schon wonach ...» Er hielt seine Hände so, als trüge er einen unsichtbaren Vogelkäfig.

«Ist doch kein Problem», sagte Mopsy. «Gehen Sie nicht hin und kommen Sie statt dessen mit uns.»

«Mopsy hat recht», meinte Adam. «Pfeifen Sie auf die Versammlung und schließen Sie sich uns an.»

Jane zupfte ihn am Ärmel, und als er sich zu ihr hinabbeugte, flüsterte sie ihm ins Ohr: «Wir haben nicht genug zu essen. Ich habe gesehen, wie Mama den Korb packte. Es sind nur zwei Sandwiches mit kaltem Hammelbraten drin, eine Sardine für jeden, ein hartgekochtes Ei und ein paar wurmstichige alte Äpfel.»

So war es. Frau Robert, sparsam bis zum Geiz, hatte nicht die Absicht, eine zweite gute Mahlzeit an den unerwünschten Gast zu verschwenden.

«Macht nichts», erwiderte Adam. «Wir werden redlich teilen, was wir haben. Nun, wie ist's, Ninian?»

«Ich werde nicht oft zu einem Picknick eingeladen ...» sagte Ninian zögernd.

«Also abgemacht.» Adam nahm seinen Freund am Arm, zog ihn mit sich, und so gingen sie zu viert weiter.

Der alte Torhüter öffnete das große bronzene Stadttor, um sie hinauszulassen, und freute sich, als er hörte, daß sowohl Adam als auch Ninian die Vorprüfung bestanden hatten und zur Endausscheidung zugelassen worden waren. Dann stiegen sie auf einem Schlängelpfad ins Tal hinab und wanderten auf der Landstraße ihrem Ziel entgegen.

Es war herrlich warmes, sonniges Wetter, und trotz des kargen Mahls, das der Korb enthielt, und des leidigen Auftrags, den man Jane erteilt hatte, besserte sich die Stimmung des Mädchens beträchtlich. Sie hüpfte munter neben Ninian her, während Adam und Mopsy die Nachhut bildeten. Man konnte sich keinen schöneren Tag für eine Landpartie wünschen.

Adam schritt eine Zeitlang schweigend aus, schwang seinen Eichenstock und hielt die Augen auf den Korb gerichtet, den Jane trug.

Mopsy fragte: «Machst du uns ein Mittagessen?»

«Ja. Stör mich jetzt nicht. Ich muß mich konzentrieren.»

«Für mich bitte Hühnchen», bestellte Mopsy. «Und ein paar süße Hundeküchlein, wenn du's einrichten kannst.»

«Sollst alles haben, Mopsy. Weil du so brav warst.»

Bald führte Jane sie von der Landstraße auf einen Waldweg, der allmählich anstieg, bis sie zu einer kleinen Lichtung gelangten, von der man auf einen stattlichen Bauernhof hinunterblicken konnte. Ein Lattenzaun zog sich an der linken Seite des Plateaus hin, und dahinter war dichtes Gebüsch.

«Hier ist der beste Platz, sagt Papa», erklärte Jane und wandte sich hastig ab, damit die anderen nicht sehen konnten, wie unglücklich sie war, den Verräter spielen zu müssen.

«Wunderbar!» rief Adam. «Was für eine schöne Aussicht!»

Er hatte recht. Das alte, weißgetünchte Bauernhaus mit dem Strohdach und die aus Feldsteinen erbauten Scheunen und Stallungen hatten schon manches Jahrhundert überdauert. Pferde streckten die Köpfe aus den Boxen; auf der Weide grasten Schafe mit ihren wollflaumigen Lämmern, die auf unbeholfenen Beinen standen; am gegenüberliegenden Hang lagen wiederkäuende Kühe, und an das Haus grenzte ein blühender Küchengarten. An der einen Seite des Hofes war ein Schweinepferch, in dem sich die Schweine zufrieden im Schlamm sielten oder sich an den scharfen Kanten der Bretter rieben; an der anderen Hofseite befand sich ein Teich, von einem Bach gespeist, der aus dem nahen Wäldchen rieselte. Auf dem Teich schwammen Enten mit ihren Jungen, säuberlich ausgerichtet wie Schlachtschiffe, ein V-förmiges Kielwasser hinter sich lassend. Im Ufersand pickten Dutzende von Hühnern.

In einem anderen Gehege trabte eine braune Stute mit ihrem Fohlen umher. Das Jungtier, erst wenige Wochen alt, war so beglückt, auf der Welt zu sein, daß es übermütig hüpfte und sprang und sich im Gras wälzte. Dann wieder, von einem verwehten Blatt erschreckt, lief es zu seiner Mutter und schmiegte sich an sie.

Zu den Ausflüglern drangen die reizvollsten Bauernhofgeräusche herauf: das Schnattern der Gänse, das Quaken der Enten, das Gackern der Hühner, das Grunzen der Schweine und das Muhen der Kühe. In der Ferne bellten Hunde, wieherten Pferde, und von Zeit zu Zeit hörte man das sanfte Geläut einer Kuhglocke.

Die vier aus der Stadt hatten sich kaum in dem üppigen Gras niedergelassen, als Mopsy seinen Herrn mit der Nase stupste und ihm zuflüsterte: «Pst! Kann ich dich mal sprechen?»

«Ja, was gibt's denn?»

«Unter vier Augen, wenn es dir recht ist. Siehst du die Eiche dort drüben? Zu der werde ich jetzt hinlaufen, und dann tue ich, als hätte ich etwas entdeckt.» Mopsy ließ seinen Worten die Tat folgen und begann eifrig an den Wurzeln einer großen Eiche zu scharren, die dreißig bis vierzig Schritte entfernt stand.

«Was treibt denn Mopsy schon wieder?» bemerkte Adam beiläufig. «Ich muß doch mal nachsehen.» Damit begab er sich ebenfalls zu der Eiche.

«Das haben die Roberts geschickt eingefädelt», sagte Mopsy. «Schau jetzt nicht hin, aber hast du die Büsche hinter Ninian gesehen, dort, auf der anderen Seite des Zauns? Die mit den kleinen gelben Blüten.»

«Ja.»

«Nun, bevor ihr euch hinsetztet, habe ich ein bißchen herumgeschnüffelt. Er sitzt mittendrin.»

«Was? Wer?»

«Dieses Ekel Peter, Janes Bruder. Er hat sich im Gebüsch versteckt. Ich wette, er ist von seinem Vater geschickt worden, damit er uns nachspioniert. Ich habe dir ja gesagt, daß es ein komisches Picknick wird.»

«Bist du sicher, Mopsy?»

«Na, hör mal», sagte der Hund leicht gekränkt, «ich vertraue deiner Zauberei – warum vertraust du nicht meiner Nase? Sie irrt sich nie. Ich habe den Bengel gerochen. Er wäscht sich nämlich nicht hinter den Ohren. Soll ich ihn aufscheuchen?»

«Nein, das überlaß mir. Und vielen Dank, Mopsy. Du hast deine Sache gut gemacht.» Sie schlenderten gemeinsam zu Jane und Ninian zurück, die im Gras saßen.

Adam blieb stehen. «Haltet ihr diesen Platz wirklich für günstig?» fragte er.

«Ja», antwortete Jane.

«Ich finde es hier sehr hübsch», bestätigte Ninian.

«Mir gefällt es nicht so sehr, unmittelbar neben einem Hornissennest zu picknicken», sagte Adam.

«Was? Wo?» riefen die beiden erschrocken.

«Dicht hinter euch, dort am Zaun.»

«Um Himmels willen!» schrie Ninian und sprang auf. «Ich habe es gar nicht bemerkt, als wir uns hinsetzten.» Natürlich hatte er es nicht bemerkt, denn bis vor wenigen Sekunden war noch kein Nest dagewesen.

Jane mußte zweimal hinschauen, um sicherzugehen.

Aber jetzt war es da, das Nest, eine dicke graue Kugel, und schon kam eine große und reizbare Hornisse herausgekrochen, um sich die Gegend zu besehen.

«Wir wollen uns lieber einen anderen Platz suchen», meinte Ninian. «Ich habe Angst vor Hornissen.»

«Wie wäre es drüben unter der Eiche?» sagte Adam und ging voran. «Ja, das ist ein schöner Platz.» Er stieß seinen Wanderstab fest in den weichen Rasen. «Bring den Korb mit, Jane.»

Der Baum war viele hundert Jahre alt und hatte einen so dicken Stamm, daß Adam, Ninian und Jane ihn nicht einmal gemeinsam umfassen konnten. Man hatte von hier die gleiche schöne Aussicht, und das blanke grüne Eichenlaub bot Schutz vor der heißen Sonne.

Mopsy zitterte vor Aufregung. «Geht's bald los?» fragte er.

«Pst», mahnte Adam. «Gleich. Ich habe noch ein paar Wespen und Ameisen dazugetan.»

Es dauerte wirklich nicht mehr lange. Kaum hatten sie es sich zwischen Klee, Butterblumen und den Eicheln vom vergangenen Jahr bequem gemacht, da ertönte aus den Büschen am Zaun ein entsetzliches Wehgeschrei: «Au, au! O nein! Hilfe, Hilfe!» Ein gewaltiger Kampf schien in den Sträuchern zu toben, deren Spitzen heftig hin und her schwankten.

«Nanu, was kann das sein?» fragte Ninian.

Plötzlich kam jemand aus dem Gebüsch heraus, laut jammernd, mit den Armen rudernd und wild um sich schlagend.

«Meine Güte, das ist ja Peter Robert», sagte Ninian erstaunt. «Er muß dort hinter dem Zaun gesessen haben.»

«Was für ein ungewöhnlicher Aufenthaltsort», bemerkte Adam. «Hier ist es doch viel hübscher als in dem Gestrüpp, und außerdem ungefährlicher.»

Mopsy saß auf den Hinterbeinen, hielt sich mit den Vorderpfoten den Bauch und quietschte vor Freude. «Ach, Adam», japste er, «du bringst mich noch um! Ich sterbe vor Lachen!»

Peter schlug nicht nur nach den Hornissen und Wespen, die ihm um die Ohren summten, er vollführte gleichzeitig eine Art Indianertanz, denn an seinen Waden und Knöcheln hatten sich große rote Ameisen festgebissen. Im nächsten Augenblick galoppierte er Hals über Kopf den Hügel hinunter, von den aufgebrachten geflügelten Insekten verfolgt. Als er an den Teich kam, sprang er pfeilschnell hinein und durchschwamm ihn der Länge nach unter Wasser. Am anderen Ufer kletterte er triefend und schlammbedeckt heraus, rannte weiter, rannte und rannte.

Die vier sahen ihm nach, bis er in der Ferne verschwand. Mopsy krümmte sich vor Lachen.

Adam murmelte: «Ein seltsamer Junge. Er sollte seine Schwester lieber nicht kneifen.»

Wenn Jane es gehört hatte, so reagierte sie nicht darauf, denn ihr gingen andere Dinge durch den Kopf. Eines war sicher: Peter würde ihnen jetzt nicht mehr nachspionieren, um ihre Unterhaltung zu belauschen, wie der Vater ihm befohlen hatte. Und es konnte ihr auch bestimmt nicht zur Last gelegt werden, daß er sich ein so dummes Versteck ausgesucht hatte, in dem es von Wespen, Hornissen und Ameisen wimmelte. Der Vater hatte ihr ja unter Drohungen eingeschärft, für das Picknick den Platz in der Nähe des Zauns zu wählen.

Eines bereitete ihr jedoch Kopfzerbrechen: Sie hätte schwören mögen, daß keine Insekten dagewesen waren, als sie hier oben eintrafen. Sie war zwar ein Stadtkind, aber ein kluges Mädchen, und wenn es darum ging, bei einem Ausflug einen Rastplatz zu suchen, so gab sie stets acht, daß sich nichts Gefährliches oder Lästiges in der Nähe befand.

Ihr Unbehagen wurde nicht geringer, als Adam auf den Korb zeigte und sagte: «Jane, du breitest das Tischtuch aus, während Ninian die Servietten, Messer, Gabeln und alles andere auspackt.»

Aber die Mutter hatte ihnen doch kein Tischtuch mitgegeben, sondern nur dürftige Häppchen, in Butterbrotpapier eingewickelt. Und von Servietten oder Bestecken konnte gar keine Rede sein. Was sollte das alles bedeuten? Als Jane das große Damasttuch mit dem eingewebten Blumenmuster entfaltete, konnte sie sich nicht einmal erinnern, ob ihre Mutter je ein solches Prachtstück besessen hatte. Die Servietten paßten dazu. Und Teller waren auch da. Die Sache wurde immer rätselhafter.

«Jane, du und Mopsy, ihr setzt euch dort drüben hin», ordnete Adam an. «Nun, Ninian, wollen Sie mal in den Korb greifen und uns mit Essen versorgen?»

Ninian gehorchte, und zum erstenmal breitete sich auf seinem sonst so melancholischen Gesicht ein strahlendes Lächeln aus. «Oh, ich muß schon sagen!» rief er. «Was für herrliche Leckerbissen! Da hat sich Frau Robert aber mächtig angestrengt.» Er förderte aus dem Korb die köstlichsten Delikatessen zutage.

Da gab es geräucherten Lachs mit hauchdünnem gebuttertem Toast, eine große, knusprig gebackene Fleischpastete mit einem hartgekochten Ei in der Mitte, viele Sorten Wurst und anderen Aufschnitt, Hühnerflügel und -schenkel, kaltes Roastbeef mit Mixpickles, Sülzkoteletts, Fisch in Aspik, gefüllte Eier, Gänseleberpastete und dazu Berge von Kartoffelchips und ofenwarme Brötchen mit frischer Butter.

Und das schönste: Es war überhaupt kein Gemüse dabei, kein einziger Selleriestengel, kein Salatblatt oder sonst etwas, was man essen mußte, weil es vitaminhaltig und daher gesund war.

«Ach, Adam!» rief Jane, klatschte in die Hände und vergaß in ihrer freudigen Erregung gänzlich, daß der von ihrer Mutter gepackte Korb nie und nimmer ein solches Festmahl enthalten hatte. «Wie herrlich! Darf ich schon anfangen?»

«Ja, bitte», sagte Adam. «Wo bleiben denn die Getränke, Ninian?»

Der lange Zauberer griff freudestrahlend in den offenbar unerschöpflichen Korb und holte eine Flasche Rotwein für Adam und sich heraus, sowie Orangen- und Grapefruitsaft für Jane.

Mopsy widmete sich bereits hingebungsvoll einer entbeinten Hühnerbrust, die kleingeschnitten, mit Bratensaft befeuchtet und mit geraspeltem Hundekuchen bestreut war.

So schwelgten sie alle glücklich und zufrieden.

Schließlich sagte Adam: «Und jetzt bitte den Nachtisch, Ninian.»

Aus dem Korb kamen die feinsten Törtchen, Eclairs und Mohrenköpfe zum Vorschein, gezuckerte Kirschen und kandierte Früchte, dazu eine reichliche Handvoll süßer Hundeküchlein für Mopsy, die er essen konnte, ohne sich den Magen zu verderben. Sie stürzten sich auf die Süßigkeiten, und besonders Ninian fühlte sich wie im siebenten Himmel. Wieder und wieder hob er sein Glas, um den anderen mit «Prost!» – «Ihr Wohl!» und «Gesundheit!» zuzutrinken.

Auch Mopsy ließ es sich schmecken und knabberte genießerisch seine Küchlein. «Ich weiß, mein Gesicht ist von oben bis unten beschmiert, aber das ist mir egal», gestand er. «Adam, diesmal hast du dich selbst übertroffen. Darf ich dir sagen, daß ich keines anderen Menschen Hund sein möchte als deiner?»

«Das ist ein sehr schönes Kompliment», erwiderte Adam würdevoll und fragte dann: «Jane, wie schmeckt es dir?»

Jane hatte sich gerade ein Schokolade-Eclair in den Mund gestopft, und ihre Antwort war ebenso unverständlich, wie sie begeistert klang.

Bald waren alle so satt und voll, daß sie sich kaum bewegen konnten, und nun wurde Jane wieder von der besorgten Frage gequält, wie und woher das alles gekommen sei.

Natürlich handelte es sich um einen Trick. Als Tochter eines Zauberkünstlers zweifelte sie nicht, daß der Korb irgendwann mit einem anderen vertauscht worden war. So machte man es auf der Bühne, blitzschnell, buchstäblich im Handumdrehen, nachdem man die Aufmerksamkeit des Zuschauers abgelenkt hatte. Aber wann war dergleichen auf diesem Ausflug geschehen, und wer hätte es tun können?

Sie erinnerte sich deutlich: Die Mutter hatte ihr den Picknickkorb in die Hand gegeben, als sie mit Adam das Haus verließ. Sie hatte ihn den ganzen Weg getragen und nicht losgelassen bis zu dem Augenblick, da sie ihn unter der Eiche öffnete.

Ninian war es bestimmt nicht gewesen. Dem traute sie eine solche Taschenspielerei nicht zu, und Adam war nicht nahe genug an den Korb herangekommen, daß er ihn hätte berühren können.

Während Janes gesunder Appetit jetzt ganz gestillt war von dem besten und zweifellos am schwersten verdaulichen Mahl ihres jungen Lebens, wuchs ihre Neugier ins ungemessene. Sie *mußte* es wissen. Sie *mußte* es herausfinden, nicht nur, weil sie damit beauftragt worden war, sondern weil es ihr selber keine Ruhe ließ.

Ninian gab sich dem Genuß einer Havannazigarre hin, die anscheinend auch in dem Wunderkorb gewesen war, und ließ voller Behagen bläue Rauchwölkchen in die Luft steigen. «Die gute Frau Robert hat wirklich an alles gedacht», sagte er. «Uff, bin ich satt! Für dieses Picknick würde ich mit Wonne sogar zwei Versammlungen unter dem Vorsitz des alten Malvolio schießen lassen.»

Als er die Zigarre zur Hälfte geraucht hatte, fuhr er fort: «Wissen Sie, was meiner Meinung nach jetzt angebracht wäre? Ein Schläfchen. Der Hund da hat die richtige Idee gehabt.»

Mopsy, dessen Bäuchlein sich wie eine Kugel unter dem Fell wölbte, lag schon im Schatten der Eiche, schlief fest und schnarchte leise.

«Haben Sie etwas dagegen, wenn ich mich dort an den Felsen setze und ein Nickerchen mache?»

«Durchaus nicht», sagte Adam. «Angenehme Ruhe.»

Ninian begab sich zu einem Felsblock, der in einiger Entfernung aus der Erde ragte, ließ sich nieder und lehnte den Rücken an den Stein. Bald darauf schnarchte er mit Mopsy um die Wette.

Aber das Schnarchen war ebensowenig echt wie sein Schlaf. Zwar hielt er die Augen geschlossen, doch von Zeit zu Zeit öffnete er sie gerade so weit, daß er zu Adam und Jane hinüberspähen konnte.

Er fieberte nämlich danach – genau wie alle anderen in Mageia –, Adam hinter die Schliche zu kommen und herauszufinden, was es mit seinen erstaunlichen Tricks auf sich hatte. Zwar wußte er nichts von der magischen Herkunft ihrer üppigen Mahlzeit, da er in dem Glauben lebte, Frau Robert habe all diese Leckerbissen eingepackt, aber sein Vogelbauer hatte sich unbestreitbar in seinen Händen in ein Goldfischglas verwandelt, und ein Rührei war vor seinen sehenden Augen wieder zu einem heilen Hühnerei geworden. Vielleicht, so dachte er, würden sich Adam und Jane über ihre Zauberei unterhalten, wenn er sich schlafend stellte. Und sollte er auch nur einen kleinen Teil von Adams Geheimnissen ergründen, so würden für ihn die Tage des Mißerfolgs und der Armut vorüber sein.

Jane hatte ähnliches im Sinn. Sie dachte: Jetzt ist die Gelegenheit gekommen. Ninian und Mopsy schlafen, und da kann ich Adam vielleicht zum Reden bringen.

13

Die Zauberfarm

Jane begann mit ihrer einschmeichelndsten Stimme: «Bitte, bitte, Adam, wollen Sie mir nicht sagen, wie Sie es gemacht haben?» Sie kniete jetzt vor ihm und hatte die Hände in einer flehentlichen Gebärde gefaltet.

«Gemacht? Was denn?» fragte Adam. Er lag im Gras, auf den Ellbogen gestützt, und betrachtete Jane mit seinem spöttischen Lächeln. Die Augen verschwanden fast in den Lachfältchen.

«Ach, alles. Die Rose, die Sie mir geschenkt haben; Fussmers Gebiß; Ninians Trick – er selbst hat ja keine Hand gerührt, das kann ich bezeugen. Und das Ei, das Sie wieder zusammengefügt haben. Die Ameisen und Hornissen waren auch nicht da, als wir kamen, ich weiß es genau. Ja, und das fabelhafte Essen. Ich habe doch gesehen, was Mama in den Picknickkorb legte, und Ninian hat ganz andere Sachen herausgeholt.»

«Aber Jane – was gibt es denn da zu sagen? Es ist nichts als ...»

Jane hielt sich die Ohren zu und rief: «Wenn Sie jetzt ‹einfache, schlichte Zauberei› sagen, schreie ich los!»

Adam lachte. «Dann wirst du Mopsy und Ninian wecken.»

«Aber Sie haben doch versprochen, daß Sie es mir erklären», jammerte Jane. «Und ich muß es wissen, weil Papa böse wird, wenn ich unverrichteter Dinge zurückkomme. O je! Nun ist es heraus! Es war Papas Gedanke, uns auf einen Ausflug zu schicken, und Peter sollte sich im Gebüsch verstecken, um uns zu belauschen. Papa will, daß ich herausbekomme, wie Sie den Eiertrick gemacht haben, und wenn ich's nicht schaffe, werde ich bestraft. Ich habe nicht gewagt, Papa zu widersprechen, weil er ohnehin böse auf mich war. Und er sagte auch, wenn ich es Ihnen verriete, dann könnte ich was erleben. Das Ganze ist eine große Gemeinheit, und ich kann mich selber nicht ausstehen. Vielleicht hätte ich mich trotz allem geweigert, aber Papa hat gedroht, dann würde er mir verbieten, Ihnen zu assistieren, so daß Sie heute abend nicht auftreten könnten. Ich weiß nicht, was ich noch tun oder sagen soll. Ach, ich bin so unglücklich!»

Adam hatte sich aufgesetzt und blickte sie mitleidig an. «Arme Jane, wie furchtbar für dich. Ich verstehe dich gut. Es war dumm von deinem Vater, dich derart aufzuregen und zu beunruhigen, denn ich habe ihm ja gestern abend erklärt, wie es gemacht wird. Er hat's mir nur nicht geglaubt, und du glaubst es mir auch nicht. Aber ich kann dir nichts anderes als die Wahrheit sagen, so wie ich es versprochen habe. Diese Art von Zauberei ist die einzige, die ich beherrsche. Und bisher hatte ich immer gedacht, es sei die gleiche wie eure.»

Zum erstenmal hatte Jane den Eindruck, daß Adam wirklich meinte, was er sagte. Und doch konnte sie es nicht glauben. «So etwas wie echte Zauberei gibt es ja gar nicht», wandte sie kopfschüttelnd ein. «Das ist völlig unmöglich, sagt mein Papa, und er muß es doch wissen. Alles und jedes läßt sich erklären, es steckt immer irgendein Trick dahinter, den Papa uns zeigen kann. Wir haben in unserer Bibliothek viele, viele Bücher mit Beschreibungen, wie es gemacht wird – lauter Tricks, um die Leute irrezuführen. Das ist die einzige Zauberei, die es gibt.»

«Vielleicht ist es die einzige Zauberei, die man in Mageia kennt», meinte Adam sanft.

Sie sah ihn trotzig an, und doch hatte ihr Blick etwas Sehnsüchtiges, als wünsche sie, daß alles, was sie gesagt hatte und so fest glaubte, nicht wahr sein möge.

«Merkst du denn nicht, Jane», fuhr Adam fort, «daß wir immer und überall von Zauber umgeben sind? Nichts davon kann erklärt werden, und keine Menschenseele wird das Geheimnis jemals voll und ganz ergründen. Kannst du mir zum Beispiel verraten, wie dies hier vor sich geht?» Er hob eine vorjährige braune Eichel auf und zeigte, während er sie zwischen den Fingern hielt, auf das breit ausladende Geäst und das schimmernde Blattwerk des alten Baumes über ihnen. «Das da entsteht aus einer kleinen Eichel», sagte er. «Nun?»

«Es – es wächst eben.»

«O ja. Aber wie wird aus einem so winzigen Ding etwas so Gewaltiges? Und warum? Und was war zuerst da? Wie fing es an?»

Jane überlegte. Der Gedanke, daß Eichen und natürlich auch andere Bäume einen Anfang gehabt haben mußten, war ihr noch nie gekommen. Unsicher antwortete sie: «Ich weiß nicht.»

«Kennt dein Vater oder Malvolio oder Fussmer oder sonst jemand in Mageia diesen Trick?»

«Nein», gab Jane leise zu. «Aber Sie haben eine wirkliche Rose aus einem toten Stock wachsen lassen und ein Ei wieder zusammengesetzt.»

«Ist das so bemerkenswert? Schau dorthin.» Adam deutete auf die Wiese am Fuß des Hügels, wo das junge Fohlen zappelnd auf dem Rücken lag und mit seinen dünnen Beinchen einer Wolke zuwinkte, die über den Himmel segelte. «Sieh, wie es voller Lebenslust ist! Und vor kurzem war es noch gar nicht da; es war nirgends. Du hättest die ganze Welt nach ihm absuchen können und es nicht gefunden. Jetzt aber ist es da, kräftig und glücklich. Ganz große Zauberei, nicht wahr?»

Auch darüber mußte Jane angestrengt nachdenken.

«Was siehst du dort drüben, am anderen Ende des Tals?»

«Eine Kuhherde.»

«O nein», widersprach Adam. «Durchaus nicht. Du siehst eine Weide voller Zauberer.»

«Zauberer?» Das Kind sah ihn ungläubig an.

Adam riß ein Büschel Gras aus. «In Mageia», sagte er, «können sie Wasser in Wein verwandeln und Wein in Wasser – jedenfalls tun sie so, als könnten sie's. Aber die großartigen Hexenmeister auf der Weide verwandeln dieses Gras in Milch, und daraus stellt man Sahne, Butter und Käse her, unsere tägliche Nahrung.»

Sogar von weitem konnte Jane die vollen Euter zwischen den Beinen der Kühe hängen sehen. «Alles ohne Ärmeltricks und doppeltem Boden», fuhr Adam lächelnd fort. «Du kannst beobachten, wie sich die Verwandlung vollzieht, und trotzdem weiß niemand, wie es eigentlich geschieht. Das ist echte Zauberei, Jane.»

Das Mädchen blickte zu ihm auf, und neues Zutrauen strahlte aus ihren Augen. «Ist das wahr?» flüsterte sie. «Und gibt es hier noch mehr Zauberer zu sehen?»

«Freilich. Dieser Bauernhof ist eine regelrechte Zauberfarm. Schau nur, was dort im Sand pickt und scharrt.»

«Die Hühner?» fragte Jane verächtlich. «Das sind die allerdümmsten Tiere.»

«Im Gegenteil», widersprach Adam, «Hühner sind große Zauberer. Ich habe das Ei wieder zusammengesetzt, nachdem du es aufgeschlagen hattest, aber ich könnte keines herstellen. *Die* können es.» Er zeigte noch einmal auf den Hühnerhof. «Und aus den Eiern werden Omeletts und Kuchen und Nudeln gemacht, doch vor allem entstehen aus ihnen die gelben Flaumbällchen, die frisch ausgeschlüpften Küken, die du um ihre Mutter trippeln siehst. Aber selbst wenn du schreist und schimpfst und mit dem Fuß stampfst, werden und können dir die Hühner nicht sagen, wie sie es machen.»

Die beiden standen jetzt Seite an Seite, und Jane ließ den Blick hingerissen über das Tal mit seinem pulsenden Leben schweifen.

«Und was sagst du zu der dicken alten Zauberin, die sich da unten im Schlamm wälzt?» Adam wies mit einer Kopfbewegung auf die Sau im Schweinepferch. «Sie frißt Schlempe und verwandelt sie, hokuspokus fidibus, in so viele nützliche Dinge, daß man sie gar nicht alle aufzählen kann: Schuhe, Brieftaschen, Koffer, Handtaschen, Haarbürsten, Schweinekoteletts, Schinken, Wurst, Schmalz und so weiter und so fort.»

«Was ist mit den Schafen dort drüben? Die zaubern gewiß nichts.»

«O doch, sie zaubern Wolle, diese Hexenmeister. Natürlich muß erst einiges mit der Wolle geschehen, bis du sie als Wintermantel tragen kannst, um dich vor der Kälte zu schützen. Aber nur *sie* verstehen es, das Rohmaterial zu liefern, und sie verraten ihr Geheimnis nicht.»

Eine Biene kam summend angeflogen, versenkte sich in eine purpurrote Kleeblüte und surrte dann weiter.

Adam hob die rechte Hand an die Stirn.

«Wozu tun Sie das?» fragte Jane.

«Um einen der größten Zaubermeister zu grüßen – den Liebesboten zwischen den Blumen. Die Bienen bringen neues Leben zu Büschen und Bäumen, die viele Meilen voneinander entfernt sind, und zugleich vollführen sie ein anderes kleines Kunststück, das sie kaum bemerken, so leicht fällt es ihnen.»

«Sie schenken uns Honig!» rief Jane und klatschte lachend in die Hände, weil sie es erraten hatte.

«Ja, Honig, und es lebt kein Mensch auf Erden, der auch nur einen einzigen Honigtropfen anfertigen könnte oder die Waben, in denen er gespeichert wird.»

«Weiter, weiter», bettelte Jane. «Erzählen Sie noch mehr.»

«Ach», sagte Adam, «es gibt so vieles; man weiß gar nicht, wo man beginnen soll. Zum Beispiel der Teich da unten.»

«Die Enten und Gänse?»

«Diese Kissenstopfer sind nur zweitklassige Zauberer, verglichen mit dem, was sich unter Wasser abspielt.»

«Was spielt sich da ab?»

«Es wimmelt nur so von Zauberei. Weißt du, daß jeder Wassertropfen des Teiches ein ganzes Universum von Lebewesen enthält? Eines Tages, wenn du ein wenig älter bist, wirst du durch ein Mikroskop schauen und die Millionen von winzigen Tieren beobachten, die mit uns in der Welt leben, dem bloßen Auge nicht sichtbar. Übrigens möchte ich wetten, daß dort unten Hunderte von Kaulquappen umherschwimmen.»

«Ach die – igittigitt!»

«Ja, aber was sind sie für wunderbare Zauberer! Sie beginnen als Ei, verwandeln sich in einen Fisch mit Schwanz, bekommen dann Beine und Lungen und steigen als Frösche aus dem Wasser aufs Land. Du kannst sie am Teichufer quaken hören.»

«Aber das ist ja wirkliche, ganz echte Verwandlungskunst, nicht wahr?» rief Jane. «Das Allerschwerste, was es gibt.»

«Ach, du interessierst dich für Verwandlungskünstler? Dann paß mal auf.» Adam nahm ein Reisigstäbchen und holte damit zwischen den Grashalmen eine kleine grüne Raupe hervor, die sich entrüstet aufbäumte und mit einem halben Dutzend Beinchen strampelte. Gleichzeitig kam ein zitronengelber Schmetterling mit schwarzen Tupfen auf den

Flügeln angeschwebt, flatterte hierhin und dorthin, streifte die Spitzen der Wiesenblumen und ließ sich dann auf einer Butterblume nieder.

«Simsalabim», sagte Adam.

Jane sah ihn erstaunt an. «Ich verstehe nicht . . .»

«Unser ärgerlicher grüner Freund wird sich in so etwas verwandeln», erklärte Adam und zeigte auf den Schmetterling, der jetzt ganz gemächlich zu einer anderen Blüte segelte. «Oh, hier haben wir ja ein noch hübscheres Stück Hexerei», fügte er hinzu. «Schau – die da!»

«Die da» war eine Libelle, deren durchsichtige Flügel wie Diamanten, Smaragde und Perlmutt schimmerten, als sie feengleich für eine Sekunde im Sonnenschein vor den Augen der beiden schwebte, bevor sie über die Baumwipfel davonflog. «Sie war einmal eine kleine braune Raupe.»

Nur zehn, zwölf Schritte von ihnen entfernt saß Ninian, der noch immer an dem Felsblock lehnte und sich schlafend stellte. Er brachte kräftige Schnarchlaute hervor, aber innerlich zitterte er vor Aufregung, denn er war sicher, daß Adam im nächsten Augenblick das Geheimnis seiner erstaunlichen Zaubertricks verraten würde. Er wagte kaum hinzublicken, damit man ihn nicht beim Lauschen ertappte; von Zeit zu Zeit blinzelte er mit fast geschlossenen Lidern, so daß er die beiden nur verschwommen sah. Aber er wollte sich auf keinen Fall etwas entgehen lassen. Mopsy schlief derweil unentwegt weiter.

Adam hob die Arme. Seine Augen leuchteten. «Wohin du auch blickst», rief er, «Erdenzauber, Wasserzauber, Feuerzauber, Himmelszauber. Siehst du die Wolke dort, genau über dem Hügel? Die wie ein Nilpferd aussieht?»

«Sie meinen wohl wie ein Elefant?»

«Ja, sie hat sich tatsächlich in einen Elefanten verwandelt. Und jetzt wird sie zu einem Eisbären.»

«Nein, zu einem Seehund.» Jane lachte vergnügt. «Aber ich wäre nie auf die Idee gekommen, *das* als Zauberei zu betrachten.»

«Wirklich nicht? Und wenn sie sich verdunkelt, wütend anschwillt, Blitze schießt und Donner rollen läßt, daß die Fensterscheiben klirren und das Geschirr klappert? Wenn sie eimerweise Regen auf die Erde schüttet? Es ist immer dieselbe Wolke, verstehst du?»

«Ich habe mich von jeher vor Gewittern gefürchtet. Aber da es nur eine Zauberwolke ist, werde ich von jetzt an keine Angst mehr haben.»

«Und wenn die Sonne untergeht», fuhr Adam fort, «breitet sich der Zauber der Nacht über dir aus: Welten und ungeheure Sonnensysteme, die entstehen und vergehen – Fixsterne, Planeten und Milchstraßen. Je stärker die Fernrohre sind, die man anfertigen kann, und je weiter man mit ihrer Hilfe ins Jenseits zu dringen vermag, desto größer wird das Geheimnis.»

Sie schwiegen eine Weile. Jane spielte mit einer kleinen Wiesenblume, die neben ihr wuchs, einem Tausendschönchen. Sie berührte es sanft mit den Fingern, um herauszufinden, wie es zusammengesetzt war, und betrachtete es gewissermaßen mit neuen Augen.

«Außerdem», sprach Adam weiter, «gibt es noch den Zauberkasten in dir.»

«Zauberkasten? In mir? Ich verstehe nicht.»

«Schließ die Augen!» befahl Adam.

Jane kniff die Lider folgsam zu.

«Jetzt denk an einen anderen Ort – vielleicht an einen, wo du einmal sehr glücklich warst.»

«Der Badeort am Meer! Ach, wie habe ich ihn geliebt! Ich bin als kleines Kind mit Mama, Papa und Peter dagewesen.»

«Und wie war es?»

«Viel, viel Sand, und die Wellen brachen sich am Ufer, und wir liefen vor ihnen weg, damit unsere Füße nicht naß wurden. Wir hatten Eimer und Spaten, und ich habe eine Burg gebaut, und Peter hat sie kaputtgemacht. Ach, die Farbe und der Geruch und das Rauschen des Meeres!»

«Jetzt bist du wieder dort, nicht wahr?»

«Ja.»

«Öffne die Augen!»

Jane gehorchte.

«Und nun bist du hier», sagte Adam. «Du hast soeben eine Reise von vielen hundert Meilen gemacht.»

Sie starrte ihn an.

Adam berührte ihre Stirn sanft mit seinem Zeigefinger. «Es ist alles hier drin, Jane, wie in einem Kästchen mit vielen Fächern, in denen wohlgeordnet alles liegt, was du suchst oder wünschst. Dieses Kästchen enthält die allergrößte Zauberei. Es kann dich in die Vergangenheit führen oder die Zukunft ahnen lassen; es hilft dir, gesund zu werden, wenn du krank bist, und es hilft, Gutes aus Schlechtem zu machen. Alles, was Menschen je geleistet haben, ist aus einem solchen Zauberkasten gekommen. Wenn du ihn richtig gebrauchst, befähigt er dich, Dinge zu erfinden, noch nie Dagewesenes zu schaffen und scheinbar Unmögliches zu entdecken, sogar den Weg zu den Sternen.»

«Wird er mir helfen, ein Zauberer zu werden?» fragte das praktisch denkende Mädchen. «Ein besserer als Peter oder sogar mein Papa?»

«Ja», sagte Adam.

«Wie?»

«Es gibt eigens dafür Fächer in dem Kasten; sie heißen ‹Ich kann› und ‹Ich will›. Wenn du gelernt hast, sie aufzuschließen, wird ihre starke Zauberkraft dir helfen, Berge zu versetzen.»

«Aber Papa sagt, ich werde es nie zu etwas bringen. Weil ich so dumm bin und immer die Sachen fallen lasse.»

«Du hast dich eben noch nie all der Wunder bedient, die hier drin aufgespeichert sind.» Wieder berührte er ihre Stirn. «Kein Mensch hat das je getan.»

Sie murmelte: «Ich kann und ich will.»

«Abrakadabra!» rief er. «Jetzt schließ noch einmal die Augen und sag mir, was du siehst.»

«Mich!» stieß Jane atemlos hervor. «Ich mache das Kunststück mit den kleinen roten Bällen, aber viel, viel besser als Peter und Papa, und sie schauen mir zu und klatschen Beifall.»

«Es ist der Zauber der Phantasie, der sich hier offenbart. Nun mußt du ihn nur noch Wirklichkeit werden lassen.»

«Ach, Adam—» Jane öffnete die Augen und fiel ihm um den Hals—«ich liebe Sie! Und ich glaube Ihnen. Sie sind ein ganz richtiger, echter Zauberer, nicht wahr?»

Dann, als hätte ihre Kühnheit sie erschreckt, ließ sie die Arme sinken und blickte in das Gesicht des rothaarigen Fremden, das einen Moment lang geheimnisvoll entrückt und zugleich von einer ungewöhnlichen Zärtlichkeit erfüllt schien.

Aber bevor Adam antworten konnte, gab es einen Zwischenfall. Mopsys kleiner Körper begann zu zucken und zu zittern, und er stieß quiekende Angstschreie aus, obwohl er fest schlief.

«Ich fürchte, er träumt schlecht», meinte Adam. «Wir wollen ihn lieber wecken.»

Jane ging zu dem Hund hinüber und streichelte ihn.

Mopsy hörte zu zittern auf, fuhr hoch und rief: «Hilfe! Ich werde verfolgt! Scharen von Menschen sind hinter mir her.» Dann sah er Jane dicht vor sich, sprang ihr in die Arme, kuschelte sich an sie und leckte ihr ungestüm das Gesicht.

«Es war wirklich ein böser Traum», erklärte Adam. «Er sagt, man habe ihn verfolgt.»

Jane drückte Mopsy an ihr Herz. Sie fühlte sich so glücklich wie noch nie. Jener geheimnisvolle Augenblick, da sie zu Adam aufgesehen hatte und er ihr wie ein Wesen aus einer anderen Welt erschien, war vorüber, aber etwas davon blieb zurück – etwas Unausgesprochenes zwischen ihnen beiden und ein neues Vertrauen zu ihrem Freund. Obwohl sie noch ein Kind war, wußte sie, daß sich eine Veränderung in ihrem Leben vollzogen hatte und daß von nun an nichts mehr ganz so sein würde wie früher.

Der arme, verwirrte Ninian, der sich noch immer schlafend stellte, spürte ebenfalls, daß sich etwas Seltsames begeben hatte, und ihm war, als sitze ein kleines grünäugiges Ungeheuer auf seiner Schulter und flüstere ihm ins Ohr: «Sie sind Verbündete, die beiden, und dich haben sie nicht eingeweiht. Jane hat etwas gelernt, während du nicht hinschautest, etwas, was du nicht weißt und wahrscheinlich nie wissen wirst.»

Denn es verhielt sich leider so, daß Ninian zwar sanftmütig, aber nicht sehr gescheit war – sonst wäre er ja auch ein besserer Zauberkünstler gewesen. Er, ein Mensch mit allen seinen Schwächen, empfand jetzt starke Eifersucht.

Er tat so, als wache er gerade auf, und übertrieb dabei mächtig mit «Aah – uah – uff – hmmm – bin doch tatsächlich eingenickt.» Dann streckte er seine langen Glieder, daß sie in den Gelenken knackten, setzte sich auf und sah schlaftrunken um sich.

Jane lief zu ihm und rief: «Ninian, stellen Sie sich bloß vor, während Sie geschlafen haben, hat mir Adam die echte Zauberei erklärt!»

Ninian, der das natürlich mißverstand, kam sich noch ausgeschlossener vor, aber er durfte sich ja nichts anmerken lassen, sondern mußte erfreut tun. Also sagte er: «Wie schön!» und «Du hast aber wirklich Glück» – Bemerkungen, die alles andere als aufrichtig waren.

Danach senkte sich Schweigen auf die drei, als sei aus der fröhlichen Gemeinschaft, die sie vorher gebildet hatten, irgend etwas entwichen, und sogar Mopsy wußte nichts zu sagen; er saß vor Adam und schaute mit schräg gehaltenem Kopf zu ihm auf.

Adam erhob sich zu seiner ganzen schlanken Länge und sah nach Westen, wo sich die Sonne bereits dem Horizont näherte. Auch sein heiteres Gemüt schien plötzlich von Schwermut verdüstert. «Ich denke, wir machen uns auf den Heimweg», sagte er. «Das Picknick ist zu Ende.»

Nur Jane bemerkte, daß die Teller, das Tischtuch und die Servietten nicht mehr auf dem Rasen lagen, und als sie nach dem Korb griff, war er völlig leer. Aber das machte ihr jetzt kein Kopfzerbrechen mehr, so verzückt und benommen war sie von der neuen Art Zauberei, die Adam ihr gezeigt hatte. Die drei waren schon im Tal und ein gutes Stück von dem Bauernhof entfernt, als Jane plötzlich rief: «Adam, Sie haben Ihren Wanderstab vergessen! Dort oben, unter der Eiche.»

«Tatsächlich», sagte Adam lächelnd. Der Schatten, der über ihm gelegen hatte, schien verflogen zu sein. «Nun, wenn ich heute abend bestehe, brauche ich ihn vielleicht gar nicht mehr.»

Adams wiedergekehrte Heiterkeit übertrug sich auf Jane, zumal seine Bemerkung zu versprechen schien, daß er in Mageia bleiben würde. Es gab ja noch so vieles, was sie von ihm zu lernen hoffte. Sie nahm zutraulich seine Hand und wanderte fröhlich neben ihm her.

14

Der Sturm zieht auf

«Was für ein Kunststück wollen Sie heute abend vorführen, Ninian?» fragte Adam unterwegs.

Der lange Zauberer wagte nicht zu gestehen, daß er gehofft hatte, Adam und Jane belauschen zu können und auf diese Weise etwas zu finden, was der geheimnisvollen Goldfischglas-Nummer ebenbürtig wäre. Statt dessen sagte er: «Ach, ich habe da eine kleine Routine-Nummer, die sehr amüsant ist. Das heißt, wenn sie klappt. Ich beginne mit einer Fahne und bunten Tüchern, dann kommen die Billardbälle und die Blumentöpfe. Vielleicht versuche ich es auch noch mit den chinesischen Ringen, und zum Abschluß hole ich dann ein lebendes Kaninchen aus meinem Zylinder. Damit hatte ich beim letztenmal ziemlichen Ärger. Das Tier war ein derart niederträchtiges Biest, daß ich es nicht halten konnte. Es hat mir Hände und Handgelenke zerkratzt, ist auf die Bühne und von dort ins Orchester gesprungen. Der Vorhang mußte fallen. Heute habe ich ein paar ganz junge Kaninchen.»

Jane dachte: Armer Ninian. Das sind doch alles altmodische Sachen, die heutzutage kein Mensch mehr vorführt.

«Ich bin überzeugt, daß es diesmal ein großer Erfolg wird», meinte Adam höflich.

«Ich nicht», sagte Ninian trübsinnig. «Auf der Bühne bin ich immer so nervös und gerate ganz durcheinander.»

«Benutzen Sie Ihren Zauberkasten», riet Jane.

Wieder verspürte Ninian einen Stich der Eifersucht. Adam hatte also dem Mädchen tatsächlich irgendwann während des Picknicks besondere Hinweise und Erklärungen gegeben.

Vor dem Haus des Großen Robert verabschiedete sich Ninian und dankte den beiden für den schönen Tag. Dann trat er verlegen von einem Bein aufs andere, als wollte er noch etwas sagen. So war es auch wirklich, und seine Worte hätten gelautet: «Ich habe mich gemein benommen, Adam, denn statt zu schlafen, habe ich euch beobachtet und belauscht. Ich hoffte, von eurer Unterhaltung zu profitieren, denn sehen Sie, ich bin ein miserabler Zauberer und möchte doch so schrecklich gern in die Gilde aufgenommen werden. Und jetzt habe ich Angst, weil ich weiß, daß ich die Prüfung nicht bestehen kann. Bitte helfen Sie mir!»

Doch er sah nur betrübt drein, murmelte nochmals ein Dankeschön und schlurfte davon. Jane, Adam und Mopsy sahen ihm nach, bis er in eine Seitenstraße einbog.

Was jedoch keiner von ihnen sehen konnte, das waren die vier großen, stämmigen Zauberer, die hinter der Ecke aus einem Torweg traten, Ninian in die Mitte nahmen und ihn bei den Armen und am Kragen packten. Einer von ihnen sagte: «Verhalten Sie sich ruhig, Ninian le Nonpareil, dann geschieht Ihnen nichts. Sie kommen jetzt mit uns.» Und schon schleppten sie ihn im Polizeigriff fort.

Adam und Jane standen noch immer vor der Haustür, und nun fielen die Sorgen und Befürchtungen von neuem über das Mädchen her. «Ich traue mich gar nicht, hineinzugehen», sagte sie. «Peter wird mir die Schuld geben wegen der Hornissen, und Papa wird wütend sein. Bestimmt gibt's wieder Krach, und dann darf ich Ihnen nicht mehr assistieren.»

Adam lächelte. «Soll ich dir mal zwei Dinge nennen, die ganz und gar nicht zusammenpassen?»

«Welche?»

«Furcht und Zauberei. Das ist der Grund, weshalb es mit Ninians Kunststücken nie klappt. Er hat immer Angst, es könnte schiefgehen. Denk einfach an deinen Zauberkasten und fürchte dich vor nichts.»

«Dürfte ich dir vielleicht einen guten Rat geben?» flüsterte Mopsy seinem Herrn zu.

Adam wollte abwinken, doch dann erinnerte er sich, daß sein kleiner Hund an diesem Tag schon mehrere recht gute Einfälle gehabt hatte, und sagte: «Nun, was schlägst du vor?»

«Mach doch dem Alten den blöden Eiertrick noch einmal vor, wenn das alles ist, was er zu seinem Glück braucht. Er denkt bestimmt, daß er ihn beim zweitenmal kapieren wird.»

«Donnerwetter! Da könntest du recht haben, Mopsy.»

«Siehst du», stellte der Hund befriedigt fest, «mein Köpfchen und deine Zauberei – ein prima Gespann!»

«Was ist denn los?» erkundigte sich Jane.

«Unser Freund hat eine gute Idee», antwortete Adam. «Überlaß alles nur mir.»

Sie gingen ins Haus, wo das Empfangskomitee, streng und düster blikkend, sie schon erwartete: Frau Robert mit säuerlicher Miene und der Große Robert ganz ohne das joviale Lächeln, das er in der Öffentlichkeit zur Schau trug. Was Peter betrifft, so bot er einen schrecklichen Anblick. Sein eines Auge war geschlossen, die Lippen waren zu ihrer doppelten Größe angeschwollen, und um den Kopf trug er einen dicken Verband.

«Ich muß schon sagen, Jane», begann Frau Robert bissig, «du hast dich nicht gerade beeilt, nach Hause zu kommen. Und dabei hat dein armer Bruder so leiden müssen.»

«Verzeihung, gnädige Frau», sagte Adam, «aber der Platz, den Sie uns empfohlen hatten, war so reizend. Was ist denn nur mit Ihrem Sohn passiert?»

Der Große Robert sah aus, als werde er jeden Moment vor Wut platzen, doch er mußte sich beherrschen. Er konnte ja unmöglich zugeben, daß er es gewesen war, der Peter befohlen hatte, sich in dem verhängnisvollen Gebüsch zu verstecken, und so sagte er schließlich: «Ach – hm – er wollte Beeren suchen und ist dabei unglücklicherweise auf ein Hornissennest getreten.»

Peter hielt sich den Kopf und stöhnte vor Schmerz.

«Beeren suchen!» kläffte Mopsy. «Haha! Das ist gut. Ich war schon gespannt, wie sich der alte Schwindler herausreden würde. Geschieht dem Bengel ganz recht.»

Jane hingegen war ehrlich betrübt, ihren Bruder in einem solchen Zustand zu sehen. Sie trat auf ihn zu und sagte: «Ach, armer Peter! Du tust mir so leid», bekam aber nur zu hören: «Hau ab, du freche Göre! Es ist ganz allein deine Schuld.»

«Sehr richtig!» bestätigte Frau Robert. «Wie oft habe ich dir verboten, Jane, mit Fremden zu sprechen. Wenn du nicht ...»

«Ach, sei still», unterbrach sie der Große Robert gereizt, denn er sah seine Felle wegschwimmen, und außerdem quälten ihn noch andere Sorgen. Er hatte von Malvolios Intrigen erfahren, und auch die Gerüchte, die in der Stadt über den neuen Zauberer umliefen, waren ihm zu Ohren gekommen. «Unser Gast kann nicht dafür verantwortlich gemacht werden, daß Peter so ein Idiot ist und sich in ein Hornissennest setzt.» Er hatte eine Mordswut auf seinen Sohn, der ihm alles verdorben hatte.

«Haha!» lachte Mopsy höhnisch. «Das denkst *du*!»

«Mopsy, sei um Himmels willen ruhig», mahnte Adam.

«Wie? Was?» fragte der Große Robert irritiert. «Ich habe nicht verstanden.»

«Ach, mein Hund Mopsy wollte nur wissen, ob Sie es schon mit Salmiakgeist versucht haben.»

«Ja, ja, natürlich, auch mit Hamamelis und essigsaurer Tonerde», brummte Robert. Dann wandte er sich seiner Tochter zu. «Na, Jane, wie war denn das Picknick?» fragte er in einem Ton, der keinen Zweifel daran ließ, daß er meinte: Hast du deinen Auftrag ausgeführt oder nicht?

Jane sah Adam verstohlen an, und er merkte, daß sie sich nach Kräften bemühte, ihre Angst zu überwinden. Er drückte unauffällig ihren Arm, um sie zu ermutigen, und beantwortete statt ihrer die Frage des Oberzauberers.

«Ach, wir haben einen herrlichen Tag gehabt», versicherte er. «Dieses Picknick war wirklich ein Hochgenuß, und ich kann Ihnen gar nicht sagen, wie sehr ich Ihre Gastfreundschaft zu schätzen weiß. Ich habe das

Gefühl, daß ich meine Dankbarkeit vielleicht in greifbarer Form zum Ausdruck bringen sollte.»

Als der Große Robert das hörte, war er plötzlich wie umgewandelt. «In greifbarer Form?» wiederholte er.

«So ist es. Bevor mich Jane im Verlauf einer kleinen Unterhaltung darauf hinwies, hatte ich keine Ahnung, daß Sie an meinem lächerlichen Eier-Kunststück interessiert sein könnten. Aber sie fragte so liebenswürdig, ob ich wohl einverstanden wäre, es für Sie zu wiederholen . . .»

«Ach!» platzte der Große Robert heraus, unfähig, sich zu beherrschen oder an sein Glück zu glauben. «Das würden Sie tun?»

«Paßt es Ihnen heute abend nach den Vorführungen?»

Wenn Robert enttäuscht war, daß er noch einige Stunden warten sollte, so war er klug genug, sich nichts anmerken zu lassen. Mopsy hatte ihn richtig beurteilt. Fast jeder Zauberkünstler ist überzeugt, daß er einen Trick analysieren oder ergründen kann, wenn er ihn ein zweites Mal und noch dazu aus allernächster Nähe zu sehen bekommt.

«Prächtig, mein Junge! Ausgezeichnet!» rief der Oberzauberer. «Das paßt mir sehr gut. Ich schlage vor, daß wir hier im Familienkreis einen Imbiß einnehmen, gleich nach der Schlußprüfung, die Sie zweifellos mit Glanz und Gloria bestehen werden, besonders wenn unsere liebe Jane Ihnen assistiert. Jane, komm her und gib deinem Papa einen Kuß! Ich bin sehr stolz, daß mein kleines Mädchen auserwählt ist, einem so tüchtigen jungen Künstler zu helfen.»

Mopsy schüttelte sich, als Jane, über die plötzliche Wendung der Dinge nicht wenig erleichtert, der Aufforderung nachkam und ihren Vater küßte.

Sogar Frau Robert taute ein wenig auf und sagte: «Hoffentlich habe ich Ihnen genug zu essen mitgegeben. Es ging alles so schnell, und ich mußte mich beim Einpacken beeilen.»

«Wir haben gelebt wie die Fürsten», versicherte Adam mit Nachdruck.

«Scheinheiliges Frauenzimmer», murmelte Mopsy. «Ich rieche immer noch ihre vergammelten Sardinen.»

«Was sagt er?»

«Er sagt, er schwärmt für Ölsardinen», behauptete Adam.

«Wie gut, daß ich welche im Hause hatte», meinte Frau Robert. «Aber jetzt muß ich wohl dem armen Jungen eine neue Kompresse auflegen. Komm, Peter.»

«Nun, mein Freund», nahm Robert wieder das Wort, «ich nehme an, Sie möchten sich für den Abend vorbereiten. Die Vorstellung beginnt pünktlich um neun. Man hat Ihnen ein Garderobenzimmer reserviert und erwartet Sie um halb neun im Theater. Aber vorher noch ein Wort unter vier Augen. Jane, geh in dein Zimmer und spiel ein bißchen; Herr

Adam und ich haben eine Kleinigkeit zu besprechen.»

Als Jane den Raum verließ, zwinkerte Adam ihr zu, und sie empfand ein beglückendes Gefühl freundschaftlicher Wärme.

«Möchten Sie eine Zigarre?» fragte der Große Robert, als sie allein waren. Adam lehnte höflich ab. Sein Gastgeber machte eine Handbewegung, und zwischen seinen Fingern erschien eine Havannazigarre. Er zündete sie an, zog ein paarmal und sagte dann: «Ich halte es für besser, Sie von einem Gerücht in Kenntnis zu setzen, das in der Stadt umgeht und Wasser auf die Mühle gewisser Leute ist. Es wird nämlich behauptet, Sie seien ein *echter* Zauberer. Natürlich Unsinn. In die Welt gesetzt von diesem Burschen, Malvolio dem Mächtigen. So ein Trottel und mächtig – daß ich nicht lache! Aber er ist ein Ränkeschmied und versucht seit langem, mir Unannehmlichkeiten zu bereiten.»

«Das ist mir auch schon aufgefallen», bemerkte Adam.

«Deshalb bin ich so entzückt über Ihr freundliches Anerbieten, mir das Kunststück mit dem Ei zu zeigen.» Das von Adam gebrauchte Wort ‹wiederholen› hatte Robert bereits durch ‹zeigen› ersetzt.

«Keinen Kommentar, Adam!» warnte Mopsy.

Adam schwieg.

«Zu blöde von dem Kerl, so mit seinem Gerede alle Welt in Aufregung zu versetzen», fuhr der Große Robert fort, um dann mit einem scharfen, listigen Blick zu fragen: «Oder sind Sie zufällig doch ein echter Zauberer?»

«Dort, wo ich zu Hause bin, hält man mich nicht einmal für einen besonders guten Zauberer», erwiderte Adam.

«Gut gegeben», murmelte Mopsy beifällig.

«Ausgezeichnet», meinte der Große Robert. «Wir werden also Malvolio als Lügner entlarven. Denn sehen Sie, wenn Sie mich den Eiertrick lehren und ich ihn dann in seiner Gegenwart vorführe, so ist doch damit bewiesen, daß er ein Lügner ist, und das wird ihm den Mund stopfen.»

«Ich verstehe», sagte Adam und wunderte sich insgeheim, weshalb die Magier von Mageia, die viel geschickter und erfahrener waren als er, angesichts seiner Art von Zauberei so große Unruhe empfanden.

«Kein Grund zur Sorge also.» Der Große Robert war offensichtlich befriedigt. «Alles der Reihe nach. Was werden Sie uns heute abend bieten?»

«Offen gestanden, ich weiß es noch nicht.» Das stimmte, denn Adam verließ sich beim Zaubern ganz auf seine Intuition.

«Sie werden etwas Spektakuläres bringen müssen. Pompös und groß aufgemacht. Tricks wie der mit dem Ei sind wirkungsvoll für einen kleinen Kreis, aber Sie werden ja auf der Bühne eines Theaters stehen, im Rampenlicht also, und praktisch ganz Mageia wird im Zuschauerraum sitzen. Die Schlußprüfung für die Aufnahme in unsere Gilde ist alljährlich eines der wichtigsten Ereignisse. Da braucht man schon einiges, um die Bühne zu füllen – Illusionen, Verwandlungen. Nun, zum Glück verfügen wir über die modernste Maschinerie: Falltüren, Aufzüge, Soffitten, Flaschenzüge, elektrische Apparate in Hülle und Fülle. Was die Requisiten betrifft, so habe ich eine große Sammlung im Keller, die ich Ihnen gern zur Verfügung stelle: die verschwindende Dame, den indischen Seiltrick, die lebenden Porträts – alles, was Sie wollen.»

«Das ist sehr gütig, aber ich fürchte, mit so etwas würde ich gar nicht umgehen können.»

«Schon möglich», gab Robert zu. «Das müssen Sie ja am besten wissen. Nur Ihre Kleidung – also in dem Zeug da können Sie unmöglich auftreten. Wenn Sie nicht gerade was Orientalisches in dem entscheidenden Kostüm machen, ist Abendanzug unerläßlich. Oben in meinem Schrank hängt einer, der mir zu eng geworden ist.» Der Große Robert klopfte sich auf den Bauch. «Man wird nicht jünger, haha! Aber Ihnen dürfte er passen. Wenn Sie wollen, leihe ich Ihnen das gute Stück.»

«Sehr freundlich», erwiderte Adam. «Ich bin Ihnen äußerst dankbar.»

«Ach, Bruder», flötete Mopsy, «ich kann es kaum erwarten, dich in Gala zu sehen.»

«Wenn du nicht sofort ruhig bist, wirst du auch kostümiert», drohte Adam.

«Wie?» fragte der Oberzauberer. «Ach so, natürlich, wieder der Hund. Nun, kommen Sie mit, wir wollen sehen, was wir finden.»

«Sie gingen nach oben. Robert öffnete seinen Kleiderschrank und brachte nach längerem Suchen einen prächtigen Frack zum Vorschein, dazu eine passende Hose, eine weiße Weste, ein gestärktes Oberhemd, eine weiße Krawatte und einen Zylinderhut.

«Jetzt zeige ich Ihnen, wie das alles funktioniert», sagte er und führte Adam ein erstaunliches Sortiment von Innentaschen und unsichtbaren Behältern vor, einige unter dem Kragen für kleine Gegenstände wie Münzen, zusammengerollte Seidentücher und kleine Bälle, während andere bis hinunter in die Frackschöße reichten oder an den Hosenbeinen entlangliefen. Es gab Taschen in den Ärmeln, unter den Revers, im Hosenbund und an vielen anderen Stellen.

«Der Hut ist meine eigene Erfindung», verkündete der Große Robert stolz. «Sehen Sie, wenn man auf diese kleine Feder hier an der Seite drückt, öffnen sich im Innern des Hutes vier Klappfächer, von denen zwei wasserdicht sind, so daß sie Flüssigkeiten aufnehmen können.»

«Unglaublich!» rief Adam bewundernd.

«Raffiniert, wie? In diesem Anzug können Sie alles mit sich führen, was Sie für Ihre Tricks brauchen – Spielkarten, Tücher, Zigaretten, die sich von selbst entzünden, Uhren, japanische Sonnenschirme, Blumensträuße, Münzen, Billardbälle und lebende Tiere.»

«Lebende Tiere?»

«Allerdings. Der Anzug ist extra dafür geschneidert worden. Als ich ihn zuletzt trug – ich war damals erheblich jünger –, arbeitete ich mit weißen Tauben. Können Sie sich vorstellen, daß ich mit acht Vögeln in diesem Frack auf dem Parkett eines Nachtlokals im vollen Scheinwerferlicht stand, ohne daß irgend jemand Verdacht schöpfte?»

Adam hielt den Anzug in die Höhe und betrachtete ihn interessiert. «Kaum zu glauben», sagte er kopfschüttelnd.

«Wie wär's, wenn ich in eine von diesen Taschen kletterte?» schlug Mopsy vor.

«Nun», sagte Robert, «für Sie dürfte so etwas noch ein wenig zu schwierig sein. Aber die Hauptsache ist, daß Sie vorschriftsmäßig gekleidet sind. Nehmen Sie die Sachen, mein Junge. Ich habe Sie als letzten aufs Programm setzen lassen. Sorgen Sie für einen würdigen Abschluß. Und jetzt werden Sie wohl mit Jane proben wollen.»

Adam schüttelte langsam den Kopf und sagte: «Nein, ich glaube, das wird nicht nötig sein. Ich möchte sie nicht ermüden. Sie soll kein Kopfweh durch Überanstrengung bekommen.»

«Eins zu null für dich!» kläffte Mopsy, während der Große Robert schuldbewußt hüstelte und hastig sagte: «Ganz recht, ganz recht. Sie ist ein empfindsames Dingelchen und wird heute spät ins Bett kommen. Am besten legt sie sich jetzt ein Stündchen hin, und zu gegebener Zeit bringen wir sie fertig kostümiert zu Ihnen ins Theater.»

Als sie allein waren, fragte Mopsy: «Kann ich mal Gassi gehen? Der Kerl macht mich krank.»

«Nein, du bleibst hier», sagte Adam. «Du bist den ganzen Tag draußen gewesen.»

«Ach bitte, bitte! Ich muß hier ein bißchen abkühlen nach der dicken Luft hier drinnen.»

«Was ist mit dir los, Mopsy? Herr Robert hätte nicht freundlicher, nicht großzügiger sein können – er hat mich beraten und mir seinen Frackanzug geliehen.»

Der kleine Hund schüttelte sich. «Das ist doch wohl nicht dein Ernst. Warum leiht er dir denn das Zeug? Weil er sich Vorteile davon verspricht. Hast du nicht kapiert, daß er aus dir herausbekommen wollte, was du heute abend vorführst? Und er hat dich darauf festgenagelt, daß du ihm den Eiertrick beibringst, den er in aller Ewigkeit nicht begreifen wird. Mir ist völlig klar, wozu er dich braucht. Als Prellbock zwischen ihm und diesem widerlichen Malvolio, der mit dir auch nichts Gutes im Sinn hat. Weißt du, was wir tun sollten? Verduften, solange es noch geht.»

«Mopsy, sei nicht albern», wies Adam ihn zurecht. «Ich will nichts mehr hören.»

«Und die Stelle, wo mein Schwanz anfängt? Da kribbelt es mächtig.»

«Schluß jetzt», befahl Adam streng.

Mopsy drehte sich dreimal im Kreis und legte sich dann mißmutig nieder, den Kopf zwischen den Pfoten. Nach einer Weile strich er sich die Haarsträhnen aus dem einen Auge und sagte: «Adam?»

«Was ist denn schon wieder?»

«Ich muß wirklich Gassi gehen.»

«Wirklich und wahrhaftig?»

«Wirklich und wahrhaftig. Ich habe eine Menge Wasser getrunken. Von diesen Hundeküchlein werde ich immer so durstig. Und du weißt ja, wie sich die alte Schreckschraube mit ihren Teppichen hat.»

«Also gut», sagte Adam und ließ Mopsy hinaus. «Aber bleib nicht so lange.»

Der Hund lief auf die Straße, drehte sich um und rief lachend: «Haha! Ich muß gar nicht! Aber ich werde trotzdem etwas machen, damit ich nicht gelogen habe.» Er sauste zu seinem gewohnten Baum.

«Mopsy, komm sofort zurück!» forderte Adam ihn auf.

«Ich habe dir gesagt, daß ich frische Luft brauche. Keine Angst, ich schnuppere nur ein bißchen herum. Laß die Tür angelehnt.» Im nächsten Augenblick war er schon nicht mehr zu sehen.

Adam seufzte über Mopsys Ungezogenheit, aber als er ins Haus zurückkehrte, lächelte er und ließ die Tür einen Spalt weit offen, damit Mopsy wieder hinein konnte.

15

Malvolio schlägt zu

Hätte Mopsy gewußt, was ihn erwartete, als er seinem Herrn davonlief, er wäre nicht so munter und dreist gewesen. Denn unversehens wurde eine Decke über ihn geworfen, irgend jemand hob ihn hoch und trug ihn davon, ohne sich um sein Bellen und Strampeln zu kümmern.

«Hilfe! Adam, hilf mir, ich werde verschleppt!» schrie Mopsy in der Hoffnung, sein Freund sei noch nicht ins Haus zurückgegangen und werde ihn hören.

Aber die dichte Decke erstickte die Hilferufe, und sein Entführer hielt ihn so fest, daß er sich nicht mehr bewegen, ja kaum noch atmen konnte.

Er hörte, wie jemand fragte: «Hast du den kleinen Strolch erwischt?»

«Hat auf Anhieb geklappt», kam die Antwort.

«Gut. Mach schnell. Er soll gleich zu Malvolio gebracht werden.»

Plötzlich verstand Mopsy alles. Man hatte ihn auf Malvolios Befehl entführt. Aber warum und wozu? Jedenfalls bedeutete es bestimmt nichts Gutes für Adam. Zu spät bereute Mopsy, daß er, statt bei seinem Herrn zu bleiben und ihn zu schützen, wie ein eigensinniges Kind seinen Kopf durchgesetzt und sich auf den Straßen herumgetrieben hatte.

Es war sinnlos, um Hilfe zu rufen. Er wurde im Eilschritt fortgetragen; sein Herz klopfte wild vor Angst und Entsetzen, und die Decke roch gar nicht gut. Er hatte Angst, zu ersticken, bevor die Banditen ihren Bestimmungsort erreichten.

Dann hörte er, daß es eine Steintreppe hinunterging, und einer seiner Entführer sagte zu jemandem, der offenbar als dritter Mann der Bande vor einer Tür zur Wache hielt: «Wir haben ihn geschnappt. Sollen wir ihn hineinbringen?»

«Nein, sie bearbeiten noch Ninian. Aber ich werde es Malvolio melden.»

Ach herrje, Ninian haben sie auch entführt, dachte Mopsy. Und der Ausdruck «sie bearbeiten ihn», klang äußerst verdächtig.

«Was fangen wir inzwischen mit dem hier an?»

«Sperrt ihn ins Museum, bis er gebraucht wird.»

Daraufhin ließ man Mopsy aus der Decke herausrollen, und er landete auf dem Fußboden. Die Tür fiel so schnell hinter ihm zu, daß er fast ein paar Schwanzhaare eingebüßt hätte. Gleichzeitig hörte er, wie ein Schlüssel im Schloß gedreht und dann herausgezogen wurde.

Er war also gefangen im Magischen Museum von Mageia, das sich, wie er wußte, im Kellergeschoß des Rathauses befand. Es war ein höhlenartiges Gewölbe, in dem Zauberapparate aus vergangenen Jahrhunderten aufbewahrt wurden, viele davon in Vitrinen. Aber das interessierte Mopsy im Augenblick überhaupt nicht. Seine Aufmerksamkeit galt den Stimmen, die er hinter einer Tür am anderen Ende des Raumes vernahm. Er lief hin, stellte sich auf die Hinterbeine, spähte durch das Schlüsselloch und konnte tatsächlich etwas erkennen. Und wenn er ein Ohr an das Loch preßte, verstand er auch, was drinnen gesprochen wurde.

Er blickte in eine Art Konferenzzimmer, wo unter Malvolios Vorsitz eine Versammlung von Zauberern stattfand. Mopsy entdeckte mehrere Herren, die am Vormittag unter den Preisrichtern gewesen waren; die anderen kannte er nicht. Der dicke Fussmer saß als Protokollführer neben Malvolio.

Vor dem langen Tisch stand Ninian, zitternd, das blasse Gesicht schweißnaß, mit strähnigem Haar und hängendem Schnurrbart. Mopsy, der nun sein Ohr fest an das Schlüsselloch drückte, hörte mit Entsetzen, wie der lange Zauberer sagte: «Ich werde Ihnen alles berichten, was Sie wissen wollen. Ich bin kein echter Zauberer, wirklich nicht. Ich bin nicht einmal ein guter unechter Zauberer. Ich schwöre, daß ich absolut unbeteiligt war. Es war Adam. *Er* ist ein echter Zauberer.»

Oh, dachte Mopsy, du gemeiner Verräter! Nach allem, was Adam für dich getan hat! Ninian, wie kannst du nur?

Der Hund wußte natürlich nicht, daß Ninian vor Angst fast von Sinnen war, weil Malvolio und seine Kumpane ihn mit gräßlichen Martern bedroht hatten, wenn er nicht das Geheimnis des Goldfischglases verriete, und daß sogar die Rede davon gewesen war, ihn zu töten, falls sich herausstellen sollte, daß übernatürliche Kräfte im Spiel waren.

Der Ärmste war daher in einem Zustand völliger Verwirrung und zugleich von Mitleid mit sich selber erfüllt. Denn sobald er die Zwickmühle erkannt hatte, in die er geraten war, saß wieder das kleine grüne Ungeheuer auf seiner Schulter und flüsterte: «Du hast doch Adam gar nicht gebeten, dir zu helfen, nicht wahr? Es ist ganz allein seine Schuld und nicht deine. Jetzt, wo du in der Klemme bist, kann er dir nicht viel nützen, nicht wahr? Also sieh zu, wie du mit heiler Haut davonkommst.»

«Aha!» hörte Mopsy die Stimme Malvolios. «Dann haben Sie also den Trick mit dem Goldfischglas nicht selber gemacht?»

«Nein, o nein!» beteuerte Ninian. «Ich schwöre Ihnen, ich war es nicht. Sie wissen sehr gut, Herr Malvolio, daß ich nicht imstande wäre, ein solches Verwandlungskunststück allein fertigzubringen. Er versprach mir, ich würde nicht durchfallen, und als er im Prüfungssaal an mir vorbeiging, hörte ich ihn sagen: ‹Machen Sie kein zu erstauntes Gesicht!› Und da hielt ich auch schon das Goldfischglas in den Händen. Übrigens, bei dem Picknick heute . . .»

Mopsy war dem Zusammenbruch nahe. «Ach bitte, Ninian», murmelte er vor sich hin, «hast du Adam nicht schon genug geschadet? Verrate denen doch nicht noch mehr.» Denn nach allem, was gesagt und getan worden war, hatte Mopsy begriffen, daß es in Mageia als schreckliches Verbrechen galt, so zu zaubern, wie Adam es tat.

Aber es war schon zu spät. «Ach ja», sagte Malvolio, «Sie waren für heute mittag vorgeladen, haben aber statt dessen an einem Picknick teilgenommen. Bitte berichten Sie uns, was sich dort abspielte.»

Ninian hatte gar nicht die Absicht gehabt, das Picknick zu erwähnen; die Bemerkung war ihm einfach herausgerutscht. Da es nun einmal passiert war, blieb ihm nichts anderes übrig, als alles auszuplaudern, um sich reinzuwaschen, auch wenn er Adam dadurch noch mehr belastete.

«Zuerst haben wir gegessen», begann er, «und dann legte ich mich ein Weilchen hin. Ich stellte mich schlafend, aber ich habe alles gehört und gesehen.»

«Weiter, weiter», rief Malvolio ungeduldig. «Was trug sich zu?»

«Die erstaunlichsten Dinge. Er hat Jane das Zaubern gelehrt.»

Ich wußte es, dachte Mopsy. Ach, hätte ich doch nur nicht geschlafen!

Er mußte sich unentwegt drehen und wenden, mußte abwechselnd ein Auge, ein Ohr, dann wieder ein Auge ans Schlüsselloch legen, um sowohl sehen als auch hören zu können, was im Sitzungszimmer vor sich ging.

«*Seine* Art zu zaubern?» fragte Fussmer.

«O dieser Satan!» sagte Malvolio scheinheilig. «Er ist ein Verführer der Jugend.» Mehrere seiner Kollegen stimmten ihm mit gemurmelten Worten des Abscheus und der Entrüstung zu. «Was hat er getan?»

«Er hat ein Schwein in eine Damenhandtasche verwandelt.»

«Wa-a-a-as?» Dieser einstimmige Aufschrei bewirkte, daß der arme Ninian vor Schreck fast bis zur Decke sprang.

«Nun ja, zumindest hat er behauptet, er könne es. Außerdem nahm er eine Eichel und ließ aus ihr einen Eichenbaum wachsen.»

«Vor ihren Augen?»

«Gewissermaßen. Aber bedenken Sie, daß ich mich schlafend stellte.»

«Und was er hat noch getan?»

In seiner Aufregung geriet Ninian immer mehr durcheinander, so daß er schon gar nicht mehr wußte, was er gesehen hatte und was wirklich geschehen war. Er redete einfach drauflos. «Also, da war eine Rinderherde, und Adam hat die Kühe in Zauberer verwandelt, die Gras aus Milch machten. Aus ein paar Hühnern hat er einen Kuchen gebacken. Und als Schafe des Wegs kamen, mußten sie ihm funkelnagelneue Mäntel liefern. Er hat ein Fohlen aus dem Nichts gezaubert; das habe ich mit eigenen Augen gesehen. Ich meine, als ich zuerst hinsah, war es nicht da, und beim nächstenmal sprang das Kerlchen umher und schlug nach allen Seiten aus. Dann war da ein Teich, in den Adam Millionen von Tieren hineinzauberte, obgleich nicht einmal zwei Karpfen darin Platz gehabt hätten. Ja, und er verwandelte Bienen in Schmetterlinge. Oder vielleicht Schmetterlinge in Bienen – ich kann mich nicht mehr genau erinnern. Er rief ein schreckliches Gewitter hervor, mit Blitz und Donner, obwohl es ein sehr klarer, sonniger Tag war. Ach ja, und er ließ die Sterne herauskommen. Aber erst später, glaube ich.»

Die Zauberer wechselten bestürzte Blicke und murmelten: «Furchtbar!» – «O dieses Ungeheuer!» – «Ein echter Hexenmeister in unserer Mitte!» – «Nie hätte ich so etwas für möglich gehalten!» – «Wir müssen dagegen einschreiten!» – «Empörend!» – «Er ist ja noch gefährlicher, als wir dachten!»

Mopsy hörte Verini den Verblüffenden fragen: «Sind Sie sicher, Ninian, daß Sie die Wahrheit sprechen?»

«Ja, ich gebe Ihnen mein Ehrenwort», beteuerte Ninian, noch verstörter und verwirrter als zuvor, dabei aber fest entschlossen, seine Kollegen von dem zu überzeugen, was er nun schon selbst glaubte. «Ach ja, und er setzte sich mit Jane auf einen Zauberteppich, und sie flogen ans Meer, wo sie mit Spaten im Sand gruben und Burgen bauten, bis die Flut kam und alles wegspülte. Dann waren sie im Handumdrehen wieder da.»

Allgemeines Kopfschütteln. Das Gemurmel verstärkte sich. «Ein Dschinn!» – «Ein Unhold!» – «Ein Hexendoktor!» – «Ein Teufelsschüler!» – «Ein Besessener!» – «Das ist Schwarze Magie!»

Diese Bemerkungen ließen Ninian noch leidenschaftlicher wünschen, sich ohne Rücksicht auf Adam von jedem Verdacht der Zusammenarbeit zu reinigen, so daß er rief: «Aber das schlimmste – ich meine das fürchterlichste war, daß er ihr einen Zauberkasten gab, in dem man, wenn man ihn öffnet und hineinschaut, die Vergangenheit, die Gegenwart und die Zukunft erblicken kann. Außerdem erfüllt der Kasten jeden Wunsch. Wenn man sich draufsetzt, braucht man nur an ein paar Knöpfen zu drehen und kann zum Mond oder zu den Sternen fliegen.»

Nach dieser letzten Behauptung herrschte betroffenes Schweigen, bis Malvolio mit Nachdruck sagte: «Nun, meine Herren, ich glaube, wir können jetzt zur Abstimmung schreiten.»

Die Magier flüsterten miteinander, und die meisten schienen bereit, alles zu akzeptieren, was Malvolio vorschlagen würde. Aber auf einmal ergriff Frascati der Famose das Wort. «Wenn ihr mich fragt – Ninian ist bestimmt nicht ganz richtig im Kopf, er ist plemplem, total verdreht, übergeschnappt, hat nicht alle Tassen im Schrank. Ein Schwein in eine Damenhandtasche verwandelt! Zauberer aus einer Rinderherde gemacht! Ein Gewitter gehext – ich war den ganzen Nachmittag im Freien und habe nicht die Spur von einem Gewitter bemerkt. Und dann die alte Geschichte mit dem Zauberteppich. Die hat er aus *Tausendundeine Nacht.*» Frascati tippte mit dem Zeigefinger an die Stirn und schloß: «Dachschaden nennt man so etwas.»

Diese Rede rief eine lebhafte Diskussion hervor, denn viele Versammlungsteilnehmer glaubten, Ninian habe zumindest stark übertrieben, während andere schwach und leicht zu beeinflussen waren.

Glorini der Glänzende warf ein: «Es dürfte Ihnen schwerfallen, Malvolio, Beweise zu erbringen, die vor Gericht standhalten würden.»

«Gericht? Nichts da!» fauchte Malvolio tückisch. «Einen Kerl wie den muß man lynchen.»

«Was?» rief Saladin der Spektakuläre. «Das bloße Gerede eines Trottels wie Ninian würde Ihnen genügen, einen Menschen vom Leben zum Tode zu befördern?»

«Und där Triek mit däm Ei?» fragte Abdul Hamid sarkastisch.

«Und das Gebiß, das er mir aus dem Mund gehext hat?» fügte Fussmer hinzu. «Wie erklären Sie das?»

Wieder blickten alle auf Ninian.

«Ma-magie, v-vermutlich», stotterte der Unglückliche. «Was sollte es sonst sein? Ach ja, beinahe hätte ich's vergessen – sein sprechender Hund sagte ihm, daß Peter, der Sohn des Großen Robert, ganz in der Nähe im Gebüsch versteckt säße, und da zauberte Adam eine Menge Wespen, Hornissen und Ameisen, die den armen Jungen so schrecklich stachen, daß er schreiend die Flucht ergriff.»

Malvolios bösartiges Gehirn arbeitete wie der Blitz, wenn er Ränke schmiedete. «Aha!» rief er. «Da haben wir's! Der Große Robert hat den Jungen beauftragt, die Geheimnisse des Fremden auszukundschaften, damit er selbst davon profitieren kann. Er ist mit im Komplott. Ich habe euch ja gesagt, das Ganze ist eine Verschwörung, und nur ich kann euch schützen.»

«Wie war das?» fragte Mephisto der Mysteriöse. «Wer soll Adam von dem jungen Robert erzählt haben?»

«Mopsy, sein sprechender Hund.»

«Kann der Hund wirklich sprechen?» wollte Wang Fu wissen. «Haben Sie gehört, daß er es sagte?»

«O ja. So deutlich, wie ich Sie höre.» Ninian war jetzt seiner Sache ganz sicher.

Nun brach ein heftiger Streit über die Frage aus, ob der Hund sprechen könne oder nicht. Einige behaupteten, ihn gehört zu haben; andere versicherten, Adam gebe lediglich vor, Mopsys Bemerkungen zu wiederholen, und manche meinten, der Fremde sei höchstwahrscheinlich ein Bauchredner. Aber Malvolio dachte schon an seinen nächsten Schachzug.

Er klopfte auf den Tisch, um sich Aufmerksamkeit zu verschaffen, und sagte: «Gut, Ninian, ich glaube, daß Sie unschuldig sind, und werde Sie also laufen lassen. Sie haben noch einmal Glück gehabt, und ich hoffe, Sie werden aus dem Vorgefallenen eine Lehre ziehen und sich in Zukunft von solchen Dingen fernhalten. Gehen Sie jetzt. Aber wenn bei Ihrer Vorführung heute abend irgend etwas faul ist oder wenn Sie es wagen, dem Burschen von dieser Sitzung zu erzählen, dann schneiden wir Ihnen die Zunge aus dem Hals.»

Mopsy hörte, wie Ninian stammelte: «O d-anke, mein Herr. Ich v-verspreche es.» Dann schob man ihn offenbar aus dem Raum, denn eine Tür schlug zu.

«Nun», fragte Verini der Verblüffende, «wie geht es jetzt weiter?»

Malvolio musterte ihn hochmütig. «Sie wollen Beweise, nicht wahr?»

«Allerdings.»

«Wenn dieser Hund wirklich sprechen kann, das wäre Beweis genug, ja?»

«Selbstverständlich.»

Und hier spielte Malvolio seinen Trumpf aus. «Gut, meine Herren», sagte er, «wir haben den Hund. Er ist eingefangen worden und befindet sich nebenan im Museum.»

Diese Mitteilung schlug wie eine Bombe ein. «Was, hier?» – «Sie haben ihn?» – «Ausgezeichnet, Malvolio!»

«Da seht ihr's, Malvolio ist der geborene Führer», bemerkte Mephisto. «Bei ihm klappt alles wie am Schnürchen. Wir wollen den Köter holen und ihn ausfragen.»

Mopsy nahm schnell sein Auge vom Schlüsselloch und entfernte sich von der Tür, die gleich darauf geöffnet wurde.

16

Mopsy im Verhör

Der Zauberer, der die Tür aufgestoßen hatte – es war Universo –, blieb unschlüssig auf der Schwelle stehen.

«Vorwärts», befahl Malvolio ungeduldig, «greif zu und bring ihn herüber.»

«Er könnte gewalttätig werden», wandte Universo ein.

«Was, dieser kleine Staubwedel?» rief Malvolio spöttisch. «Du bist doch viel stärker als er. Mach schon, hab keine Angst.»

Zögernd hob Universo den kleinen Hund hoch, hielt ihn aber so weit wie möglich von sich ab.

Zuerst hatte Mopsy daran gedacht, das Weite zu suchen, doch bei näherer Überlegung schien es ihm besser, sich stumm und dumm zu stellen, um vielleicht auf diese Weise zu erfahren, was sich gegen Adam zusammenbraute. Wenn Ninian glimpflich davongekommen war, würden sie wahrscheinlich auch ihn laufen lassen, und dann konnte er seinen Herrn rechtzeitig warnen.

Universo setzte Mopsy auf einen Stuhl am Ende des Konferenztisches und zog sich schleunigst von ihm zurück. Mopsy konnte alle Anwesenden sehr gut sehen. Darin war er entschieden im Vorteil, denn der Haarvorhang, der ihm über die Augen hing, nahm ihm nicht die Sicht, während die Blicke der anderen sozusagen daran abprallten. Mopsy betrachtete die Spießgesellen Malvolios, die sich um ihren Führer scharten: Mephisto, den öligen Abdul Hamid, Fussmer, Universo und noch einige vom gleichen Schlag, die er nicht kannte.

Verini der Verblüffende saß zurückgelehnt auf seinem Stuhl und lächelte vor sich hin, während Frascati, Glorini, Saladin und Wang Fu die Köpfe zusammensteckten und flüsternd miteinander berieten. Mopsy hatte das Gefühl, er sei hier nicht ganz ohne Freunde.

Malvolio klopfte auf den Tisch, und nachdem Ruhe eingetreten war, begann er: «Du bist also der berühmte sprechende Hund?»

Mopsy sagte nichts.

«Du bist hierher gebracht worden», fuhr Malvolio fort, «um Rede und Antwort für deinen Herrn zu stehen, diesen Burschen, der sich Adam der Schlichte nennt und der auf Grund bestimmter Behauptungen, die er aufgestellt und gewisser Kunststücke, die er vollführt hat, in dem Verdacht steht, übernatürliche Zauberei zu betreiben.»

Mopsy schwieg.

«He, sitz nicht so da!» rief Malvolio ungeduldig und hob den Kopf. «Wenn du sprechen kannst, sag etwas! Ob du's weißt oder nicht, Hexerei ist ein schweres Verbrechen, auf das in Mageia die Todesstrafe steht. Antworte mit Ja oder Nein: Ist er ein solcher Hexenmeister oder nicht?»

«Wuff!» machte Mopsy laut und dachte: Mal sehen, wie du das auslegst.

Malvolio bemerkte, daß Glorini sich zu Frascati beugte und ihm etwas zuflüsterte, was dem Illusionisten ein Kichern entlockte.

«Hör zu!» Der schieläugige kleine Zauberer geriet in Hitze, und seine Stimme wurde lauter. «Topsy oder Flopsy oder wie du heißt, wenn du nicht vernünftig bist, schadest du dir und auch ihm. Wir möchten gern etwas mehr über den schlichten Herrn Adam erfahren. Wer ist er? Woher kommt er wirklich, und wie konnte er unbemerkt Fussmers Gebiß herausnehmen? Na, wird's bald? Sprich schon!»

«Wau-wau-wau», antwortete Mopsy und gab noch ein «Wuff» dazu.

Verini und Saladin lächelten hinter der vorgehaltenen Hand.

Malvolio wurde puterrot. «Und wie war das mit dem Goldfischglas?» fuhr er fort. «Wir wissen, daß Ninian nichts damit zu tun hatte, denn er hat ein umfassendes Geständnis abgelegt. Wir sind über alles im Bilde, und wenn dir dein Leben lieb ist, kann ich dir nur raten, ebenfalls mit der Wahrheit herauszurücken.»

«Wau-wau! Rrrr! Wuff-wuff!» bellte und knurrte Mopsy. Die Sache machte ihm allmählich Spaß, und er lachte sich hinter seinem Fransenvorhang ins Fäustchen. Ob der wohl ahnt, wie dämlich er aussieht? dachte er.

Malvolio war sich durchaus im klaren, daß es den anderen als Gipfel der Idiotie erscheinen mußte, einen kleinen haarigen Hund zu verhören, dessen Antworten nur aus «Wau-waus» und «Wuffs» bestanden.

«Du willst also nicht sprechen, he?» schnarrte er. «Na, warte Freundchen!» Er ging mit geschwungenem Holzhammer auf Mopsy los. «Was ist? Willst du meine Frage beantworten? Oder soll ich dir eins überziehen?»

Mopsy hatte Malvolio unterschätzt. Er duckte sich auf seinem Stuhl und ließ ein erschrockenes Auge sehen.

«Sachte, sachte, Malvolio! Schlagen Sie ihn nicht. Der Hund kann nicht sprechen», rief Wang Fu. Er und Verini waren aufgesprungen.

Malvolio ließ den Arm sinken, kehrte zu seinem Platz zurück und knurrte: «Ich wollte ihn nicht schlagen. Ich wollte mir nur Gewißheit verschaffen.» Dann wandte er sich ärgerlich an die beiden Zauberer, die er ausgeschickt hatte, Mopsy zu fangen, und fragte: «Seid ihr Dummköpfe auch sicher, daß ihr den richtigen erwischt habt?»

«Ganz sicher, Malvolio. Wir haben das Haus beobachtet und sahen deutlich, wie sein Herr ihn hinausließ. Von da an ist er uns nicht aus den Augen gekommen.»

«Wang Fu hat recht», sagte Glorini. «Dieser Flohsack ist ein ganz gewöhnlicher Köter.» Und Saladin meinte: «Der Bursche Adam ist wahrscheinlich ein Bauchredner, der auch etwas vom Hypnotisieren versteht. Ich bin dafür, daß wir dem Hund als Entschädigung für den ausgestandenen Schrecken eine Schale Milch geben und ihn dann laufen lassen.»

Mehrere Zauberer stimmten zu, und Mopsy gratulierte sich schon zu seiner geschickten Taktik. Aber er hatte die Rechnung ohne Malvolio gemacht.

In seiner Wut – denn er hatte zu allem anderen das Gefühl, der Hund lache hinter seiner Haargardine über ihn – rief der Zauberer: «Kommt nicht in Frage, daß wir ihn laufen lassen! Ihr macht mich krank! Hier stehe ich, nehme jedes Risiko auf mich, um euch und Mageia vor dem Untergang zu bewahren, und ihr bringt nicht den Grips auf, mir dabei zu helfen. Ich habe doch bewiesen, daß der Große Robert euch hintergeht – was wollt ihr mehr? Ninian, der uns alle Informationen gegeben hat, die wir brauchen, wird von euch für unglaubwürdig gehalten, und jetzt wollt ihr auch noch unsere Trumpfkarte verschenken. Wenn der Hund nicht spricht, dann nur, um seinen Herrn nicht zu verraten! Wärt ihr mir nicht in den Rücken gefallen, dann hätte ich schon längst ein Geständnis aus ihm herausgeprügelt. Solange wir das kleine Vieh in Gewahrsam halten, können wir Adam den Schlichten nach unserer Pfeife tanzen lassen. Entweder erzählt er uns nach der Vorstellung, wie er das Ei wieder zusammengefügt hat, oder sein Fifi verschwindet . . .» Er fuhr sich mit dem Zeigefinger quer über den Hals – anscheinend seine Lieblingsgeste. «Also was ist? Seid ihr auf meiner Seite?»

«Ja, schon wegen meiner Zähne», rief Fussmer. «Wir können hier keine Leute dulden, die einem die Zähne aus dem Mund stehlen.»

Mopsys Herz krampfte sich zusammen, denn das war nicht mehr zum Lachen. Nie hätte er geglaubt, daß Malvolio wagen würde, ihn als Geisel zu gebrauchen.

Verini der Verblüffende erhob sich und sagte: «Für Erpressung habe ich noch nie etwas übrig gehabt. Ich verlasse den Saal.» Glorini, Saladin und Wang Fu folgten ihm.

Die anderen blieben, auch Frascati, obwohl er nicht ganz überzeugt war. Die Gelegenheit, ihre Neugier zu befriedigen, war allzu verlockend, und so gingen sie Malvolio ins Netz. Da sie nun einmal seine Autorität anerkannt hatten, gab es kein Zurück mehr.

Malvolio wartete, bis die vier draußen waren. «So, bemerkte er grinsend, «jetzt sind wir diese müden Jammerlappen los und können endlich zur Sache kommen. Mir scheint fast, daß ihr gar nicht zu würdigen wißt, was ich in eurem Interesse zu tun gedenke. Offensichtlich ist doch der Adam ein echter Zauberer. Wenn er jetzt seine Günstlinge in dieser Kunst unterrichtet, wie er es nach Ninians Aussage schon bei Roberts Tochter getan hat, dann ist das für uns alle der Anfang vom Ende.»

Abdul Hamid kopierte Malvolios Lieblingsgeste und sagte: «Daas ist jätzt die bäste Idee!»

«Genau», bestätigte Malvolio. «Heute abend. Aber ich bin ein rechtlich denkender Mensch und möchte nicht, daß jemand das Gegenteil behauptet. Er soll bei der Endausscheidung eine letzte Chance haben. Wir werden alle seine Bewegungen sorgfältig beobachten, und ich sitze natürlich ganz vorn. Wir kennen ja jeden Trick, den es in unserer Kunst gibt, und wenn er in seiner Nummer irgendeine krumme Sache macht, die nicht erklärt werden kann, dann gilt er für mich als überführt.»

«Für mich auch!» riefen Universo, Fussmer, Radscha Pandschab, Frascati und Mephisto.

«Waas gedänken Sie zu tun?» fragte Abdul Hamid.

«Folgendes», erwiderte Malvolio, und als er nun seinen Plan entwikkelte, merkte Mopsy, wie teuflisch durchtrieben dieser Mann war. Niemand würde *ihm* die Schuld an Adams Tod oder an sonstigen Zwischenfällen zuschieben können. Die Zauberer, die mit Malvolio im Bunde waren, sollten sich im Zuschauerraum verteilen, die Leute gegen Adam aufhetzen und sie veranlassen, die Bühne genauestens zu beobachten.

Die Flüsterkampagne der letzten beiden Tage hatte schon Erfolg gehabt: Man war mißtrauisch geworden. Wenn Malvolio in der ersten Reihe das Zeichen gab, sollten sich seine Spießgesellen wie ein Mann erheben und alles daransetzen, um aus ihren friedlichen und freundlichen Kollegen einen rasenden, haßerfüllten Mob zu machen.

«Wenn er natürlich nur auf unsere Art zaubert», erklärte Malvolio, «werden wir nichts unternehmen.» Insgeheim aber hatte er bereits beschlossen, das Zeichen auf jeden Fall zu geben. «Dann werden wir bloß ein bißchen nachhelfen, damit er uns die Tricks mit dem Ei, dem Goldfischglas und dem Gebiß verrät – ähem – für unser Archiv, und das wird genügen.» Er blickte mit einem scheinheiligen Lächeln in die Runde und fügte hinzu: «Es ist zum Besten unserer Frauen und Kinder.»

Nun herrschte die schönste Einigkeit. Irgendwie war es Malvolio gelungen, die Sache so zu drehen, daß alles, was Adam etwa zustoßen würde, einzig und allein seine eigene Schuld wäre.

Mephisto fragte: «Was machen wir jetzt mit dem Hund?»

«Sperrt ihn wieder ins Museum», ordnete Malvolio an. «Dort soll er bis nach der Vorstellung bleiben.»

Universo, durch Mopsys scheinbare Gleichgültigkeit getäuscht, trat auf ihn zu, um den Befehl auszuführen, und sah sich plötzlich von spitzen Zähnen und Krallen attackiert, denn Mopsy verteidigte sich mit dem Mut der Verzweiflung.

Mephisto eilte Universo zu Hilfe. Aus sicherer Entfernung feuerte Malvolio sie an: «Haltet ihn, Freunde! Er darf nicht entkommen. So ist's recht! Haltet ihn fest!»

Mopsy kämpfte heldenhaft, aber er war der Übermacht nicht gewachsen. Alles Knurren, Jaulen, Zappeln, Beißen und Kratzen half dem winzigen Hund nichts – er wurde wieder in seinen Kerker gesperrt.

Das letzte, was er hörte, bevor die Tür hinter ihm zufiel, waren Universos Worte: «Meine Hände! Seht nur, wie das verdammte Biest mich zugerichtet hat!» Und Mephisto klagte: «Er hat mich in drei verschiedene Finger gebissen.»

Nicht einmal das konnte Mopsy trösten, eingeschlossen, wie er war, in voller Kenntnis des Komplotts und unfähig, etwas dagegen zu tun. In einer so schrecklichen Lage hatte er sich zeit seines Lebens noch nicht befunden. Selbst Adams Zauberei konnte ihm nicht helfen, solange sein Herr keine Ahnung hatte, wo er war. Gewiß würde Adam am Abend etwas ganz Sensationelles zaubern, so wie nur er zu zaubern verstand – ihm lag ja so viel daran, in die Gilde aufgenommen zu werden –, und dann würden sie alle aufspringen und ihn erschlagen, und Jane ebenfalls, weil sie neben ihm auf der Bühne stand. Und er, Mopsy, hockte hier hilflos, ohne die beiden Menschen, die er in der Welt am meisten liebte, warnen oder retten zu können.

Adam wird gewarnt

Adam saß in seiner Garderobe unter dem Theatersaal, und ihm war schwer ums Herz. Er hatte niemanden, mit dem er sprechen oder sich beraten konnte, denn Mopsy war auf unerklärliche Weise verschwunden. Aber das war es nicht allein, was ihn bedrückte.

Der hellbeleuchtete große Wandspiegel zeigte ihm einen anderen Adam als den, den er kannte, und er war nicht zufrieden mit diesem Anblick. Er hatte sein altes, vertrautes Gewand aus weichem Rehleder mit dem Anzug vertauscht, den ein Zauberer für eine Galavorstellung zu tragen hatte: Frack, weiße Binde und Zylinder.

Die Sachen saßen ihm wie angegossen, und mit seiner langen Nase, den eigenartig gefärbten Augen und dem kupferroten Haar sah er sehr apart aus und glich mehr denn je einem Faun. Und doch hatte Adam den Eindruck, der junge Mann, der ihm aus dem Spiegel entgegenblickte, sei hier fehl am Platz.

Er dachte daran, wie er sich frohgemut auf den Weg nach Mageia gemacht hatte, um seine seltsame Zaubergabe zu verbessern und zu entwickeln, sie vielleicht sogar weiterzureichen und mit anderen zu teilen.

Doch von dem Augenblick an, da er die Stadt betreten hatte, war alles anders gekommen als erwartet. Er mußte lächeln, als er sich sagte, das einzig Erfreuliche seit seiner Ankunft sei die Begegnung mit Jane gewesen, das Vertrauen, der Glaube und die Liebe, die das Kind ihm entgegenbrachte.

Und was war mit Mopsys Warnung vor Gefahr? Er lächelte wieder, diesmal aber wehmütig, als er sich erinnerte, daß Mopsy von dem Kribbeln gesprochen hatte, das er an der Schwanzwurzel fühlte. Und jetzt, da er ihn am dringendsten brauchte, war sein kleiner Freund verschwunden.

Draußen auf dem Korridor, an dem alle Garderobenräume lagen, ertönten pausenlos Schritte, unterdrücktes Lachen und Grußworte, denn nach und nach trafen die Zauberer ein, um sich für den großen Abend vorzubereiten.

Adam fragte sich, ob er wohl zu streng mit dem Tierchen gewesen sei und ob es sich vielleicht aus Trotz versteckt halte. Aber nein, das war bestimmt nicht der Fall, denn so etwas entsprach nicht Mopsys Charakter. Wenn er auch oftmals eigensinnig war und kein Blatt vor den Mund nahm, so war er doch weder nachtragend, noch neigte er zum Ungehorsam.

Als Mopsy nach einer halben Stunde nicht zurückgekehrt war, hatte Adam gedacht, er werde über irgendeinem interessanten Geruch die Zeit vergessen haben und könne nicht weit sein. Er war auf die Straße gegangen, um ihn zu suchen, hatte «Mopsy, Mopsy, wo bist du» gerufen, aber es war keine Antwort gekommen, auch nicht auf den schrillen, durchdringenden Pfiff, der ihr Signal war und gewöhnlich Mopsys Ohren erreichte, ganz gleich, wo der Hund sich herumtrieb. Diesmal aber näherte sich kein eiliges Getrappel, und Adam war verwirrt und besorgt ins Haus und wenig später ins Theater gegangen.

Was konnte nur geschehen sein? Zum Glück gab es in Mageia keinen Wagenverkehr, der den kleinen Hund hätte gefährden können. Ob er sich verirrt hatte? Oder war er irgendwo eingeschlafen? Das einzige, worauf Adam nicht kam, war die Wahrheit.

Der Spielleiter klopfte an die Tür, um sich noch einmal mit Adam zu besprechen. Der Kapellmeister erschien, bat um die Noten und wollte wissen, in welchem Tempo die Musik während Adams Auftritt gespielt werden sollte. Beide verließen bestürzt die Garderobe.

«Das wird ja eine Nummer werden», sagte der Spielleiter vor der Tür. «Er will überhaupt keine Dekoration. Na schön, dann bleibt die Bühne eben leer.»

«Und Musik will er auch nicht», fügte der Kapellmeister hinzu. «Mir soll's recht sein, dann können meine Leute früher nach Hause gehen.» Damit trennten sie sich.

Adam blieb allein zurück und versuchte, sich Mut zuzusprechen. Er überlegte, daß Mopsy intelligent war und schon oft bewiesen hatte, wie gut er seinen Verstand zu gebrauchen wußte. Wahrscheinlich würde er nach der Vorstellung ziemlich beschämt auftauchen. Und was seinen, Adams, Wunsch betraf, Mitglied der Zaubermeistergilde zu werden – nachdem er so weit gekommen war, würde er wohl auch das übrige schaffen. Dabei fiel ihm ein, daß er noch gar nicht darüber nachgedacht hatte, was er heute abend zeigen wollte. Etwas Spektakuläres, hatte der Große Robert gesagt. Nun, ihm würde schon das Richtige einfallen, doch im Augenblick war er nicht imstande, sich zu konzentrieren.

Die Sorge um Mopsy ließ ihn nicht los. Wo steckte der Hund? Was war ihm passiert? Und wenn er sich in Gefahr befand? Aber solange Adam nicht wußte, wo Mopsy sich aufhielt, stand es nicht in seiner Macht, ihm durch Zauberei zu helfen.

Es klopfte. Adam rief: «Herein», und die Roberts erschienen mit Jane im Schlepptau. Sie sah außerordentlich hübsch aus. Ihr funkelnagelneues Kostüm war aus rosa und himmelblauer Seide, mit Flitter und blitzenden Ziermünzen besetzt, und dazu trug sie einen kurzen Umhang in den gleichen Farben. Ihre Augen funkelten, und die Wangen waren vor Erregung gerötet. Es war noch gar nicht lange her, da hatte sie, das schwarze Schaf der Familie, bitterlich weinend hinter Schloß und Riegel in einem Zimmer gesessen, und jetzt – jetzt war sie glücklicher als je zuvor.

Ihr Bruder Peter hingegen, dessen Gesicht schon etwas abgeschwollen war, blickte recht mißmutig drein. Er war eifersüchtig auf Jane, die buchstäblich über Nacht eine prominente Stellung erlangt hatte. Aber was half's – er mußte sich damit abfinden. Sogar seine Eltern machten viel Aufhebens von ihr, und auch das verdroß ihn.

«Nun, mein Freund», sagte der Große Robert herzlich, «hier ist Ihre kleine Assistentin. Wir sind alle mitgekommen, um Ihnen Glück zu wünschen.»

«So ist es», bestätigte Frau Robert, «und wir hoffen, daß Jane Ihnen keine Schande macht.»

«O Jane», rief Adam, «wie reizend du aussiehst! Ich bin wirklich stolz, dich zur Assistentin zu haben ...»

Jane antwortete nicht. Sie hatte sich im Zimmer umgeblickt, und das Blut war aus ihren Wangen gewichen.

«Wahrhaftig», sagte Robert, «mein Anzug paßt Ihnen wie auf den Leib geschneidert.» Er trat auf Adam zu, fuhr ihm mit der Hand über Schultern und Rücken und beklopfte die Seiten. «Keine Tauben, he?» fragte er lachend. «Hahaha! Wir werden in der Proszeniumsloge sitzen und Ihnen zusehen. Ich zweifle nicht, daß Sie etwas ganz Besonderes in petto haben.» Dann fügte er vertraulich hinzu: «Und danach – haha – ein Imbiß, natürlich in unserem Haus, und – hm – die kleine Extravorstellung, die Sie uns versprochen haben. So, und nun kommt, Adam wird wohl noch Einzelheiten mit Jane besprechen wollen.» Er verließ mit Frau und Sohn das Zimmer und schloß die Tür hinter sich.

«Wo ist Mopsy?» fragte Jane.

«Ich weiß nicht», antwortete Adam. «Er ist verschwunden.»

Jane stieß einen Schreckensschrei aus. «Verschwunden? Wie? Wann? Was ist passiert?»

«Keine Ahnung. Ich habe ihn am späten Nachmittag hinausgelassen, und er ist nicht wiedergekommen. Zuerst dachte ich, er wolle mich nur ein bißchen ärgern – wir hatten nämlich eine kleine Meinungsverschiedenheit gehabt.»

«O nein, Mopsy würde so etwas nicht tun.»

«Da hast du recht», bestätigte Adam. «Es ist nicht seine Art.»

Jane war kreidebleich und den Tränen nahe, denn sie hatte Mopsy lieb gewonnen. «Meinen Sie nicht, daß ihm etwas Schreckliches zugestoßen sein könnte? Armer Mopsy! Ich mag ihn so gern, und wenn ich daran denke, daß er vielleicht Gift gefressen hat und nun irgendwo im Sterben liegt . . . Ach, Adam, können Sie denn nichts unternehmen?»

«Nicht bevor ich weiß, wo er sich befindet.»

«Aber Ihr Zauberkasten!» rief Jane. «Können Sie den nicht benutzen? Sie haben mir doch gesagt . . .»

«. . . daß man sich mit seiner Hilfe etwas vorstellen kann. Ich habe es versucht und Zauberstrahlen dort hingesandt, wo ich Mopsy vermutete. Leider vergebens.»

«Wir müssen es noch einmal probieren. Ach bitte, bitte! Vielleicht ist er inzwischen nach Hause gekommen.»

Adam konzentrierte seine Gedanken auf das Haus des Großen Robert.

«Nein? Dann vielleicht unten am Stadttor?»

Auch das blieb erfolglos.

«Oder ist er aus irgendeinem Grund zu unserem Picknickplatz zurückgelaufen?»

Alles umsonst. Es war, als sende man Radarwellen in ein Meer ohne Schiffe. Keiner von Adams Zauberstrahlen kehrte zurück, um zu melden, daß er Mopsy gefunden habe. Denn natürlich kamen weder Adam noch Jane auf den Gedanken, der Ort, wo der Hund hilflos eingekerkert war, könne das Magische Museum von Mageia im Keller des Rathauses sein.

Sie hatten nicht bemerkt, daß die Tür leise einen Spalt weit geöffnet worden war. Erst als jemand «Psst!» sagte, wandten sie sich um und entdeckten Ninian.

«Hallo, treten Sie ein», sagte Adam. Einen Augenblick lang hoffte er, der Zauberer könne irgendwie erfahren haben, wo sich Mopsy befand.

«Psst!» machte Ninian noch einmal und dann «Schsch!» während er ins Zimmer schlüpfte. «Niemand darf wissen, daß ich hier bin – keine Menschenseele.»

«Was ist denn los, Ninian?» fragte Jane. «Sie sind ja so aufgeregt.»

In der Tat, Ninian machte einen völlig verängstigten Eindruck. Nicht nur seine Glieder, sondern auch seine Wangen zitterten, so nervös war er. «Scht! Nicht so laut!» Er schloß rasch die Tür, legte noch einmal den Finger auf die Lippen und flüsterte dann: «Ich bin gekommen, Sie zu warnen. Wenn ich Ihnen raten darf, so fliehen Sie auf der Stelle. Man ist hinter Ihnen her.»

«Hinter mir her?» wiederholte Adam erstaunt. «Warum? Und wer ist ‹man›?»

Adam hatte mit normaler Lautstärke gesprochen, und das löste bei Ninian eine Flut von «Pssst» und «Schsch» aus, bevor er krächzend antwortete: «Malvolio und seine Bande. Die halten Sie für einen Zauberer.»

«Sind wir das nicht alle?» fragte Adam und wünschte, daß sich Ninian vernünftiger benähme, denn Jane, die schon über Mopsys Verschwinden so aufgeregt war, schien einem Zusammenbruch nahe.

«Nein, nein, nein», stieß Ninian hervor. «Verstehen Sie doch, Sie zaubern nicht auf unsere Art. Sie sind anders als wir. Deshalb werden Sie hier gehaßt. Man will Sie fangen.»

Adam begriff noch immer nicht, wieso er sich Feinde gemacht hatte, ohne es zu wollen. Mopsy, der schlaue kleine Mopsy, hatte es von Anfang an geahnt und ihm zur Vorsicht geraten.

«Woher wissen Sie das?» fragte er Ninian. «Haben Sie jemandem von dem Vogelbauer und dem Goldfischglas erzählt und wie die Sache vor sich gegangen ist?»

Das war genau die Frage, die Ninian gefürchtet hatte. Trotzdem hatte ihn sein Verrat so bedrückt, daß er sich verpflichtet fühlte, Adam zu warnen. Einen Augenblick lang verspürte er ein fast unwiderstehliches Verlangen, sich ihm zu Füßen zu werfen und alles zu gestehen, nämlich, daß er ein Feigling und Judas gewesen war und ihn verraten hatte, um sich selbst aus der Schlinge zu ziehen. Aber als er jetzt in Adams eigenartige Augen blickte, konnte er es nicht über sich bringen, die Wahrheit zu sagen. «Nein, nein, natürlich nicht», log er. «Ich habe keinem Menschen davon erzählt. Ich – ich habe nur so etwas läuten hören.»

«Dann bilden Sie es sich vielleicht nur ein, Ninian. An Ihrer Stelle würde ich mir keine unnötigen Sorgen machen», sagte Adam und fügte hinzu: «Sie haben wohl nicht zufällig Mopsy gesehen? Er ist nämlich verschwunden.»

«Mopsy verschwunden? Meine Güte, wie schrecklich! Nein, ich habe ihn nicht gesehen. Ich weiß auch nicht, wo er sein könnte.»

Abermals mußte er voller Scham den Blick senken, denn er hatte ja nur die halbe Wahrheit gesprochen. Wenn er Mopsy auch nicht gesehen hatte, so konnte er sich doch denken, was mit dem Hund geschehen war: Malvolio hielt ihn irgendwo gefangen. Aber Ninian wagte das nicht zu sagen. Er konnte nichts weiter tun als die Hände ringen und murmeln: «Sie wollen also meinen Rat nicht annehmen?»

«Nein», antwortete Adam ruhig.

«O Gott, o Gott, o Gott! Wenn Sie schon weitermachen, wollen Sie dann nicht lieber etwas ganz Einfaches zaubern? Mit Bechern und Bällen, mit Zigaretten oder ein Kartenkunststück? Ich habe in meiner Garderobe einen netten kleinen Trick, den könnte ich Ihnen überlassen – bei mir klappt er sowieso nicht. Die Münze in der Flasche. Sehr wirkungsvoll. Der Haken ist, daß ich die Münze zwar hineinkriege, aber nicht heraus.»

«Vielleicht, wenn ich Ihnen helfe . . .» schlug Adam vor.

Dieses Anerbieten versetzte Ninian vollends in Panik. «Mir helfen? O nein, bitte nein. Ich brauche keine Hilfe. Sie dürfen nicht ... Ich habe versprochen ... Ich meine, es wird schon gehen.» Jetzt hatte er nur noch den Wunsch, sich Adams Blicken zu entziehen, bevor ihm weitere Fragen gestellt wurden. Er legte daher noch einmal den Finger auf die Lippen und flüsterte: «Schsch! Ich muß gehen. Erzählen Sie niemandem, daß ich hier war.» Damit huschte er hinaus.

Adam schüttelte den Kopf. «Ich möchte nur wissen, was das alles bedeuten soll.»

«Warum hat sich Ninian so komisch benommen, als Sie ihm Ihre Hilfe anboten?» fragte Jane. «Ohne Sie wäre er doch heute abend gar nicht hier. Und allein schafft er's nie.» Sie blickte Adam besorgt an. «Glauben Sie, daß etwas Wahres an dem ist, was Ninian gesagt hat? Und wollen Sie wirklich auf Ihre besondere Art zaubern?»

Draußen ging der Inspizient den Korridor entlang und rief: «Erster Auftritt in fünf Minuten!»

«Ich weiß auch nicht, was in den guten alten Ninian gefahren ist», sagte Adam lächelnd. «Aber dein Vater hat mir die Idee zu einer Nummer gegeben, die recht hübsch werden könnte.»

«Einer von Papas Tricks?» rief Jane. Sie fühlte sich erleichtert, aber seltsamerweise auch enttäuscht.

«Nicht genau.» Adam schmunzelte. «Ich würde eher von einer Weiterentwicklung sprechen. Eine Nummer, die die Bühne füllt. Soll ich es dir erklären?»

«Ach ja, bitte!» rief Jane, nun wieder voller Erregung. «Schnell, schnell.»

«Wir haben noch viel Zeit. Wir kommen ja ganz zuletzt, nach Ninian.» Er sah sich in der Garderobe um. «Aha», sagte er, «damit geht's famos.» Er ging zu einem fahrbaren Kleiderständer, einer Stange auf Rollen mit zwei Querbalken. «Also», fuhr er fort, «das erste, was wir tun, ist dies ...» Und er zeigte es ihr.

Das Magische Museum war alles andere als ein gemütliches Nachtquartier, besonders nicht für einen kleinen Hund, der dort eingesperrt war und keine Hoffnung hatte, herauszukommen.

Man hatte die Hauptbeleuchtung ausgeschaltet; nur an den Notausgängen brannten ein paar Lämpchen, in deren spärlichem Licht die Dutzende von schweigenden Figuren und Automaten gespenstisch aufragten und drohende Schatten warfen.

Mopsy hatte einen Inspektionsrundgang gemacht, um irgendeine Fluchtmöglichkeit zu entdecken, aber was er in dem Dämmerlicht zu erkennen vermochte, war nicht gerade ermutigend. Es gab viele lange Vitrinen mit magischen Apparaten, modernen und solchen, die jahrhundertealt waren; die Hauptattraktion des Museums waren jedoch die

Reproduktionen von Zauberkunststücken der Priester in den alten ägyptischen und griechischen Tempeln. Man hatte mehrere Kultstätten nachgebildet, in denen unheimlich wirkende Götter auf ihren Thronen saßen.

Eine andere Abteilung enthielt Gliederpuppen, von einfallsreichen Magiern der Vergangenheit geschaffen: einen Riesen, einen Zwerg, einen Krieger in voller Rüstung, eine wahrsagende Zigeunerin, einen Türken am Schachbrett, einen rotgekleideten Teufel an einem Kartentisch, Skelette, Clowns, ein mechanisches Pferd, einen chinesischen Drachen und sonstige Konstruktionen – alle schweigend und reglos in dem Halbdunkel.

Einige Figuren standen auf dem Boden, andere hingen von der Decke herab. Die Wirkung war gespenstisch und beunruhigend, und Mopsy hatte das Gefühl, er werde beobachtet.

Aber das schlimmste war, daß er keinen Ausgang fand. Obwohl Mopsy klein war, konnte er, auf den Hinterbeinen stehend, eine Türklinke herunterdrücken und die Tür aufstoßen, indem er sich mit seinem ganzen Gewicht dagegenstemmte. Aber ach, die Tür im Museum hatte keine Klinken, sondern runde, glatte Drehknöpfe, die er nicht bewegen konnte, weder mit den Pfoten noch mit den Zähnen.

Er hörte die Rathausuhr neun schlagen, dann zehn, und war der Verzweiflung nahe. Bald mußten Adam und Jane die Bühne betreten, und im Geist sah er schon, wie die von Malvolios Spießgesellen aufgehetzte Menge über die beiden herfiel und sie in Stücke riß.

Von Panik erfaßt, lief er von Tür zu Tür, sprang wieder und wieder hoch und kratzte in fruchtlosem Bemühen an den Knöpfen, bis er völlig erschöpft war und Tränen der Verzweiflung weinte. «Ach, wenn ich nur ein bißchen von Adams Zauberkräften hätte», stöhnte er.

Die Rathausuhr schlug halb elf.

Im Untergeschoß des Theaters ging der Inspizient abermals den Korridor entlang. «Siebenter Auftritt in fünf Minuten!» rief er. «Ninian le Nonpareil! Ninian le Nonpareil! Noch fünf Minuten!»

In Adams Garderobe machte Jane einen tiefen, anmutigen Knicks vor dem Zauberer. «Großartig!» sagte Adam. «So ist es genau richtig. Jetzt kommt Ninian an die Reihe. Wollen wir ihm zuschauen?» Er ergriff den Kleiderständer, setzte sich den Zylinderhut schräg auf den Kopf und nahm Jane an die Hand. Sie gingen hinauf und stellten sich in eine Seitenkulisse.

18

Hokus –

Von den Kulissen aus gesehen, wo Jane und Adam jetzt in einem Gewirr von Seilen, Drähten, Kabeln und Requisiten standen, während nervöse Zauberer, ihre Assistentinnen und die Bühnenarbeiter hin und her liefen, bietet ein Theater einen ganz anderen Anblick, als wenn man es in aller Ruhe von einem Parkettsitz aus betrachtet.

Da die Rampenlichter und Scheinwerfer die Augen blenden, liegt der Zuschauerraum im Dunkeln, mehr geahnt als wahrgenommen; er gleicht einem riesigen Ungeheuer, das mit Schmeicheleien, Unterhaltung, Spannung und Zerstreuung besänftigt werden muß, damit es nicht die am meisten gefürchteten Geräusche – Zischen, Pfeifen und Buhrufe – hervorbringt, sondern die Darsteller mit Applaus, lauten Bravo- und da-capo-Rufen belohnt.

Obwohl Jane aus einer Artistenfamilie stammte, überlief auch sie ein kleiner Schauer, als sie hinter den grellen Lichtern auf das drohende, im Schatten verborgene ‹Etwas› starrte, aus dem sich nur die weißen Hemdbrüste in den ersten Reihen hervorhoben. Sie glaubte, Malvolio und Mephisto zu erkennen, die nebeneinandersaßen und wie Verschwörer die Köpfe zusammensteckten. Diese Leute da unten konnten einem jungen Zauberkünstler zum Aufstieg verhelfen oder ihm alle Chancen verderben: Wurde er mit Zustimmung und Beifall bedacht, so durfte er sich als neues Mitglied der Zaubermeistergilde betrachten; für eine Ablehnung hingegen genügte schon die lauwarme oder gelangweilte Publikumsreaktion.

Von dem Taschenspieler, der jetzt auf der Bühne stand, schien man nicht sonderlich begeistert zu sein. Zwar war seine Assistentin ein hübsches Ding, auch wickelte er sein Repertoire an Tricks und Illusionen reibungslos und in guter Form ab, doch das Tier im Dunkeln war offenbar nicht befriedigt. Es hatte schon eine ganze Reihe ähnlicher Vorführungen über sich ergehen lassen und gierte nun nach etwas Neuem, Ungewöhnlichem, Sensationellem. So bekam der Zauberer am Ende seines Auftritts nur einen kurzen Höflichkeitsapplaus.

Nach einer kleinen Pause nahmen die Zuschauer wieder Platz, der Kapellmeister klopfte mit dem Taktstock an sein Pult, und der Ansager trat vor das Mikrophon. «Meine Damen und Herren», rief er, «Nummer sieben: Ninian le Nonpareil!»

Jane flüsterte: «Adam, ich halte ihm die Daumen. Ach, ich wünsche ihm alles Glück!»

«Ich auch», sagte Adam.

Aus der gegenüberliegenden Kulisse kam Ninian auf die Bühne geschlurft. Völlig benommen blinzelte er in den strahlenden Glanz der Scheinwerfer. Die Geschehnisse des Tages hatten bei ihm das schlimmste Lampenfieber seines Lebens ausgelöst; er stand hilflos da und biß sich auf die Lippen. Sein Haar, sein Schnurrbart, ja sogar die Augenbrauen und der Frackanzug hingen schlaff herab, und er zitterte so sehr, daß man sehen konnte, wie seine Knie aneinanderschlugen.

Der Gegensatz zwischen der pompösen Ankündigung ‹Ninian le Nonpareil› und der ausgemergelten, verängstigten Bohnenstange von Mann, die hier im Kreuzfeuer stand, war so kraß, daß der Debütant nicht mit dem üblichen höflichen Beifall, sondern von dem Lachen eines einzelnen Zuschauers begrüßt wurde.

Dieses unerwartete Geräusch aus dem stumm wartenden Parkett wirkte niederschmetternd auf den entnervten Ninian und brachte ihn fast an den Rand des Zusammenbruchs.

Irgendwie brachte er es fertig, «G-g-g-guten Abend» zu stottern und seinen Zylinder zu lüften. Die Folge war, daß alles, was er in dem Hut verstaut hatte, auf die Bühne purzelte: ein Hufeisen, zwei Porzellaneier, vier farbige Billardbälle, ein weißes Kaninchen, zwei gelbe Küken, eine Kuhglocke, eine Weckeruhr und drei Spiele Karten.

Diese Dinge kugelten, klapperten, klirrten, rasselten, rollten und hüpften über die Bühne; das Kaninchen hoppelte davon, und die Küken begannen zu picken, als suchten sie nach Körnern.

Ninian sprang wie besessen umher und suchte seine Requisiten einzusammeln, erreichte jedoch nur, daß die Gegenstände, die er in den Ärmeln und Taschen seines Fracks verstaut hatte, beim Bücken ebenfalls herausfielen: Teller, Trickzigaretten, Fächer, Sonnenschirmchen, Münzen, Fingerhüte, Würfel, Papierblumen und dergleichen mehr. Er hatte sich anscheinend mit allem, was er besaß, für seinen Auftritt gerüstet.

Das Publikum schrie vor Lachen so laut, daß der Kristallbehang des großen Kronleuchters an der Decke klingelte und klirrte. Etwas so Komisches wie diese Parodie auf eine Zaubernummer hatten selbst die älteren Magier noch nicht gesehen, und sie waren überzeugt, dies alles sei sorgfältig geplant und vorbereitet.

«Ach, der arme Ninian!» rief Jane, aber in dem Sturm der Heiterkeit, der das Publikum erschütterte, drang ihre Stimme kaum an Adams Ohr. «Er wird ausgelacht! Ich kann es nicht ertragen. Adam, bitte helfen Sie ihm! Es ist einfach unmöglich, daß er es allein schafft.»

«O doch, er schafft es», erwiderte Adam. «Er hat die ideale Lösung gefunden. Warum bin ich bloß nicht daraufgekommen? Aber es kann nichts schaden, wenn ich ein bißchen nachhelfe. Also gut, Jane, aber wundere dich nicht zu sehr über das, was du jetzt sehen wirst.»

Noch nie in der Geschichte der Zauberkunst von Mageia hatten routinierte Illusionisten so hemmungslos gelacht, gekreischt und geschrien, daß sie sich die Seiten halten mußten, Ströme von Lachtränen vergossen und kaum noch Luft bekamen.

Denn jetzt, nach allem, was schon passiert war, und während sich Ninian noch immer bemühte, seine Nummer zu Ende zu führen, ging alles daneben, was irgend, und zwar auf die lächerlichste Weise danebengehen konnte. Nicht nur, daß Ninian, ungeschickt wie er war, seine Zauberrequisiten fallen ließ oder zeigte, wo sie versteckt waren, sondern die Gegenstände selbst schienen verhext zu sein, oder – so kam es den Zuschauern jedenfalls vor – sie waren präpariert worden, um ein Höchstmaß an absurder Komik zu erzielen.

Luftballons explodierten vor Ninians Gesicht. Der Trick, Wasser in Wein zu verwandeln, mißglückte, denn der Wein wurde sofort zu Bier, das schäumend aus dem Glas lief und sich über Ninians Schuhe ergoß. Als er die Karten fächerförmig ausbreiten wollte, wurden sie schlaff wie Waschlappen. Statt der aneinandergeknoteten farbigen Seidentücher brachte er eine schier endlose Kette von Würstchen zum Vorschein, an denen er zog und zog, bis sie die halbe Bühne bedeckten. Die Pistole, die er als Höhepunkt seiner Nummer abschoß, machte nicht «Peng», sondern «Muh», und aus der Mündung kam ein Strahl Milch.

Ohne auf sein Publikum zu achten, mit stierem Blick und wild vor sich hin murmelnd, fuhr Ninian fort, mit Billardkugeln zu kämpfen, die sich in Gummibälle verwandelten und davonhüpften, mit chinesischen Ringen, die sich nicht zusammenfügen lassen wollten, sondern auseinanderfielen und in die Kulisse rollten, sobald er nicht hinsah. Der halb bestürzte, halb erstaunte Ausdruck seines langen Gesichts rief bei den Zuschauern immer neue Lachstürme hervor. Als Finale hatte sich der Arme etwas sehr Wirkungsvolles ausgedacht – ein Feuerwerk mit einem Rad und einer römischen Sonne. Unglücklicherweise gingen die Knallkörper schon vorzeitig in seinen Rockschößen los. Sie schleuderten ihn zuerst in eine Blumendekoration, die über ihm zusammenbrach, und dann flog er in einer Wolke von Rauch, Funken und bunten Lichtern hinter die Bühne. Ein Beifallsorkan, wie er vielleicht noch keinem Zauberkünstler zuteil geworden war, begleitete seinen unfreiwilligen Abgang.

Die Hälfte der Zuschauer lehnte erschöpft in den Sesseln und hielt sich die Seiten; die anderen waren aufgesprungen, klatschten, winkten mit Taschentüchern und riefen nach Ninian.

Er wurde hinausgeschoben, um die Ovationen entgegenzunehmen, die gleichzeitig seine Aufnahme in die Gilde bestätigten, aber er war so durcheinander, daß er nicht begreifen konnte, was geschah. Schließlich ging er ab, torkelnd, mit versengten Rockschößen, Bänder, Papierblumengirlanden und Versatzstücke mit sich schleifend. Er ahnte nichts von seinem Triumph, und als er Adam und Jane erblickte, brach er vor Scham und Demütigung in Tränen aus.

«Ich wußte es», stöhnte er. «Das ist das Ende. Ich bin ruiniert. Ich hätte es gar nicht erst versuchen sollen. Trotzdem verstehe ich nicht, weshalb . . . So schief ist es noch nie gegangen.»

«Aber Ninian», rief Jane, «es war ein Riesenerfolg! Adam hat Ihnen doch geholfen.»

In diesem Augenblick stürzte der Zeremonienmeister herbei, ergriff Ninians Hand und schüttelte sie heftig. «Gratuliere, gratuliere! Sie sind ein Star! Sie waren überwältigend! Etwas so Komisches habe ich in meinem Leben noch nicht gesehen. Diese Nummer wird eine Sensation werden. Der Große Robert bittet Sie in seine Loge, um Ihnen persönlich zu gratulieren.»

Schon drängte sich eine Schar von Kollegen um Ninian. Man klopfte ihm auf die Schulter, drückte ihm die Hand und rief: «Goßartig!» – «Herrlich!» – «Wunderbar!»

Allmählich begriff er sein Glück, und es dämmerte ihm, daß er seinen Erfolg gerade dem Ausmaß der Fehlschläge zu verdanken hatte. Plötzlich aber, als er Adams lächelndes Gesicht sah, wurde er von einer unbezähmbaren Wut gepackt. «Sie waren es!» brüllte er Adam an. «Sie haben mir das schon wieder angetan! Jetzt erwartet man von mir, daß ich es jederzeit wiederhole. Warum können Sie sich nicht um Ihre Angelegenheiten kümmern und mich in Ruhe lassen?» Damit rannte er hinaus.

Jane rief ihm nach: «Ninian, Ninian! Bleiben Sie doch!» Dann wandte sie sich wieder an Adam. «Warum ist er so böse, daß Sie ihm zum Erfolg verholfen haben? Er hat nicht einmal danke gesagt.»

«Macht nichts», meinte Adam. «Eines Tages wird er's sagen.»

Der Vorhang schloß sich. «Die letzte Nummer ohne Musik», sagte der Kapellmeister zu seinen Leuten, und alle verließen den Orchesterraum.

Die überraschten Zuschauer schlugen ihr Programm auf und lasen: *Nr. 8. Adam der Schlichte – Zauberei.*

Das Rascheln der Seiten und das anschließende Gemurmel liefen wie ein Zittern durch den Saal. Denn der Name und der bescheidene Zusatz, mit denen das nächste Stück angekündigt wurden, erinnerten alle an das, was man sich in der Stadt hinter der vorgehaltenen Hand zuflüsterte. Dazu kamen noch die gehässigen Bemerkungen, die sie zwischen den einzelnen Nummern und in der großen Pause von Malvolios Agitatoren gehört hatten und die sich mit den früheren Gerüchten deckten: Der Fremde, der sich Adam der Schlichte nannte, war keiner von ihnen, also kein berufsmäßiger Taschenspieler oder Bühnenzauberer, sondern ein

Individuum, das Schwarze Magie betrieb, sich dem Teufel verschrieben hatte und nun mit seinen Höllentricks sie alle zu Narren machen und ihnen das Brot wegnehmen wollte.

Zwar gab es manche, die über dieses Gerede gelacht hatten, andere aber waren auf die sensationellen Behauptungen hereingefallen, und zumindest war es Malvolio und seinen Kumpanen gelungen, Zweifel und Unbehagen zu verbreiten. Bei den Zauberern und ihren Familien herrschte eine spannungsgeladene Atmosphäre.

Während die ersten sieben Kandidaten ihren Darbietungen phantasievolle Namen gegeben hatten, wie ‹Karneval der Blumen›, ‹Kasten, Kasten, Kasten› oder ‹Die verschwindende Dame›, bekam das Wort ‹Zauberei›, mit dem Adam seine Nummer ankündigte, in Anbetracht dessen, was man sich in der Stadt erzählte, eine fatale Bedeutung. ‹Zauberei› – was meinte er damit? Die acht Buchstaben, die bisher lediglich eine angenehme Art, den Lebensunterhalt zu verdienen, ausgedrückt hatten, schienen auf einmal Bedrohung und Gefahr in sich zu bergen.

Viele tausend Jahre lang wurden die Urmenschen von dem, was sie für übernatürliche Erscheinungen hielten, in Schrecken versetzt. Die Kultur hatte diese Befürchtungen teils zerstreut, teils gedämpft, doch tief im Innern verborgen schlummerten noch Reste der uralten Angst. Es hatte nur der Umtriebe Malvolios bedurft, um sie wieder aufleben zu lassen.

Die Lichter im Theater erloschen, das Rascheln, Summen und Murmeln im Zuschauerraum wich einem erwartungsvollen Schweigen. In der Stille vor dem Aufgehen des Vorhangs räusperte sich Malvolio dreimal. Das war das Zeichen für seine Freunde, die er im Theater verteilt hatte, und es bedeutete: «Achtung, wenn ich das Signal gebe, dann wißt ihr, was ihr zu tun habt.»

Von links und von rechts, von der Mitte, von hinten und von den Rängen ertönte im Chor ein dreifaches Räuspern, und das hieß: «Wir sind bereit.»

Der Ansager trat vor das Mikrophon. «Meine Damen und Herren, Sie sehen nunmehr die Schlußnummer des Abends. Der letzte Bewerber um Aufnahme in die Meistergilde kommt aus dem Dorf Glimour hinter den Straen-Bergen – Adam der Schlichte.»

Als diese Namen genannt und die geheimnisumwitterten Berge erwähnt wurden, gab es von neuem ein Getuschel unter den Zuschauern, und noch größer war das Staunen, als der Vorhang sich hob. Alle Kulissen, der Hintergrund und die Soffitten waren entfernt worden, ebenso sämtliche Requisiten, so daß man nur den kahlen Bretterboden und die Ziegelsteine der Rückwand sah.

Adam nahm den Kleiderständer, den er aus seiner Garderobe mitgebracht hatte, und sagte zu Jane: «Nun komm, wir sind dran. Vergiß nicht, was du zu tun hast.»

Aber das Kind hielt ihn zurück, zwang ihn, stehenzubleiben, klammerte sich an seine Frackaufschläge, blickte flehentlich zu ihm auf und rief: «Nein! Bitte, Adam, gehen Sie nicht!» Es war, als könne sie dank dem Zauberkasten, mit dem er sie ausgestattet hatte, in die Zukunft sehen und die bevorstehende Katastrophe erahnen.

«Jetzt ist es zu spät», sagte er sanft. «Hab keine Angst, Jane. Komm!» Damit betrat er die Bühne. Gehorsam trippelte Jane hinter ihm her.

In diesem Augenblick stieß Mopsy in seinem Kerker wieder einmal den verzweifelten Seufzer aus: «Ach, wenn ich nur ein bißchen von Adams Zauberkräften hätte!»

Plötzlich aber riß er sich zusammen und ermahnte sich selbst: «Mopsy, hör sofort auf zu jammern! Was soll das Stöhnen und Klagen? Du kannst zwar nicht zaubern, aber du hast Grips. Wie sagst du doch immer zu Adam? ‹Deine Zauberei und mein Köpfchen – ein prima Gespann.› Also los, gebrauche dein Köpfchen. Adam hat dich schon oft den klügsten kleinen Hund der Welt genannt. Beweise es gefälligst. Es *muß* doch irgendeinen Ausweg geben, also sieh zu, daß du ihn auch findest.»

Nach dieser Strafpredigt stand er auf und machte abermals einen Rundgang durch das nächtliche Museum.

Der Anblick, der sich ihm bot, war unleugbar gespenstisch. Der Teufel in Rot schielte ihn mit seinen Glasaugen an; der gewappnete Krieger hatte sein Schwert erhoben, als wolle er ihm den Kopf abschlagen. Die wahrsagende Zigeunerin, die mit ausgestrecktem Zeigefinger vor ihrer Kristallkugel saß, beobachtete ihn verstohlen, und der Türke an seinem Schachbrett blickte äußerst grimmig drein. Die Knochen der regungslos von der Decke herabhängenden Gerippe schimmerten fahl in dem Dämmerlicht, und die Clownskapelle hielt ihre Instrumente spielbereit. Sie alle überragte der Riese, dessen Kopf fast an die Decke stieß. Sogar im Halbdunkel konnte Mopsy das Weiße in seinen Augen und die beiden weit vorstehenden elfenbeinernen Reißzähne sehen.

Es gehörte Mut dazu, all diesen Ungeheuern den Rücken zuzuwenden; doch wenn es darum ging, Adam und Jane zu retten, durfte sich Mopsy nicht feige zeigen. Er lief also hierhin und dorthin, schnüffelte überall herum und steckte seine Nase in jede Ecke. Aber er gebrauchte tatsächlich seinen Verstand, denn er sagte sich: «Es hat keinen Zweck, daß ich mich mit den Türen abgebe. Die kriege ich nicht auf, das weiß ich nach all den Versuchen. Ich muß etwas anderes finden. Ich muß, ich muß, ich muß!» Was «etwas anderes» war, wußte er nicht, aber er setzte unbeirrt seinen Streifzug fort.

Schließlich stieß er auf einen Gegenstand, den er bisher übersehen hatte. An einem Pfeiler war ein schwarzer Kasten befestigt, und seine Tür stand offen. Im Innern befand sich ein großer Schalthebel und darüber ein Schild mit der Aufschrift

GEFAHR!
BERÜHREN VERBOTEN
DIE STADTVERWALTUNG

Gefahr für wen? überlegte Mopsy. Für den, der das Ding berührt? Oder für die Stadtverwaltung? Und was für eine Gefahr? Dann sprach eine innere Stimme zu ihm: Was macht das schon aus? Schlimmer, als es ist, kann es nicht werden. Also stellte er sich auf die Hinterbeine, hielt sich mit der linken Pfote an dem Kasten fest, legte die rechte auf den Hebel und drückte ihn kräftig nach unten.

Die Folgen ließen nicht auf sich warten, und sie waren verblüffend. Im Nu war das Museum in Licht getaucht und von einem heidenmäßigen Lärm erfüllt, da jeder Automat, jede Figur, jede Gruppe zum Leben erwachte.

Mit einem fürchterlichen Krach ließ der Ritter sein Schwert zu Boden sausen (hätte sich Mopsy an dieser Stelle befunden, er wäre bestimmt in zwei Teile geschnitten worden). Die Clownskapelle begann schallend zu fiedeln, zu blasen und zu schmettern. Der Türke fletschte die Zähne und brummte: «Schachmatt!» Die Zigeunerin grinste, schüttelte den Kopf und rief: «Vorsicht vor einem dunklen Unbekannten!» Der Riese stampfte mit den Füßen und grölte: «Huuuuu! Fi, fa, fum!» Rauch und Feuer drangen aus dem Mund des roten Teufels; die Skelette begannen zu tanzen und ließen ihre Knochen klappern; die mechanischen Pferde galoppierten; der chinesische Drache wand sich, streckte eine gespaltene Zunge aus dem Maul und atmete schwefelgelben Brodem aus.

Aber das war noch nicht alles. Glocken läuteten, Hörner tuteten, Pfeifen schrillten, grünliche Lichter flammten auf, Dampf zischte. Jammerschreie, Hohngelächter und Eulenrufe ertönten, während gleichzeitig die Nachbildungen der ägyptischen, babylonischen und griechischen Tempel von Gongschlägen und Trompetenstößen widerhallten. Der Gott Moloch riß seinen furchtbaren Rachen weit auf, um das Opfer zu verschlingen; die griechische Sibylle stöhnte: «Wehe, wehe über euch alle», und die ägyptischen Götter mit den Tier- und Vogelköpfen kreischten, bellten, winselten und brüllten.

Das war zuviel für Mopsys Nerven. Er rannte hin und her, stieß gellende Angstschreie aus und rief: «Hilfe! Hilfe! Laßt mich heraus!» Je schneller er rannte, desto drohender schien jede Gestalt auf ihn zu starren und zu zeigen, nach ihm zu greifen, zu schnappen und zu hacken, und die Geräusche zerrissen ihm fast das Trommelfell.

Keuchend und einem Herzschlag nahe suchte er diesem grauenvollen

Tumult und Höllenspektakel zu entrinnen, bis plötzlich eine Tür aufgerissen wurde und eine Stimme rief: «He, was ist denn hier los? Wer hat den Hebel gedrückt?» Es war der Museumswächter.

Mopsy hielt sich nicht damit auf, ihm zu antworten. Im Nu lief er zwischen den Beinen des Mannes hindurch aus der Tür, die Treppen hinauf und in die Freiheit. Mit letzter Kraft jagte er über den Marktplatz auf das Theater zu.

19

Pokus –

Der rote Samtvorhang hob sich, und auf der kahlen Bühne, vor dem Hintergrund der Ziegelwand, sah das Publikum einen schlanken, rothaarigen Zauberer in tadellos sitzendem Frack mit weißer Binde und ein Mädchen in dem üblichen Flitterkostüm der Assistentinnen mit einem kurzen Cape um die schmalen Schultern. Ein Kleiderständer war alles, was die beiden an Requisiten mitgebracht hatten.

In Mageia war es ein Gebot der Höflichkeit, jeden Künstler mit Auftrittsapplaus zu begrüßen. Diesmal aber geschah nichts dergleichen. Es war, als ginge von dem Fremden, obwohl er noch keinen Finger gerührt hatte, ein Zauber aus, der sich schwer auf die Zuschauer legte.

Noch nie hatte sich jemand so vor ihnen präsentiert – auf einer Bühne, die nur mit einem leeren Kleiderständer ausgestattet war. Das sagte ihnen, die sie ja alle Fachleute waren, ebenso deutlich, als hätte Adam es ausgesprochen: Ich habe nichts zu verheimlichen und brauche keines von euren Hilfsmitteln, keine Spiegel, Falltüren, Lichteffekte und so weiter.

Die gleiche Herausforderung schien von dem Zylinder auszugehen, den er ein bißchen zu schräg aufgesetzt hatte, von den eigenartigen Augen, die ein klein wenig zu hell und wissend waren, von dem schmalen Gesicht, der langen Nase, den Augenfältchen und dem breiten Mund. All das gab ihm einen leicht spitzbübischen Ausdruck.

Das Tier im Dunkeln, Publikum genannt, wartete. Einen Augenblick lang musterten sie einander, die schweigenden Zuschauer, die alle in fast gleichem Rhythmus atmeten, und die beiden regungslosen Gestalten auf der Bühne.

Die Vorführung begann mit einem unmerklichen Fingerschnippen Adams zu Jane hinüber. Dann begab sich der Zauberer auf die eine Seite der Bühne, stützte das Kinn in die rechte Hand, den Ellbogen in die linke und beobachtete das Mädchen.

Jane grüßte ihn und danach das Publikum mit einem Knicks, bevor sie gemäß den Instruktionen, die sie in der Garderobe erhalten und sich eingeprägt hatte, den Kleiderständer an die Rampe rollte. Dort begann sie zu demonstrieren, um was für einen Gegenstand es sich handelte. Sie drehte den Ständer hin und her, so daß ihn jeder genau sehen konnte, klopfte an die Stange, um zu zeigen, daß sie nicht hohl war, nahm die

Querbalken ab und schraubte die Stange von dem Untersatz. Mit der Sicherheit einer erfahrenen Assistentin zeigte sie alle Teile einzeln und setzte sie dann wieder zusammen.

In der Proszeniumsloge bemerkte der Große Robert: «Sieh einer an, wer hätte gedacht, daß sie so etwas fertigbringt?»

«Bestimmt hat sie jetzt dicke Rosinen im Kopf», sagte Peter. Er kochte vor Eifersucht.

Malvolio saß mit funkelnden Augen in der ersten Reihe. Er spürte, daß sein großer Augenblick nahte.

Jetzt ließ Jane mit einer schnellen Bewegung ihren seidenen Umhang von den Schultern gleiten, zeigte ihn von innen und außen, schüttelte ihn, knüllte ihn zusammen, damit auch das mißtrauischste Auge sich überzeugen konnte, daß nichts in den Falten verborgen war, und hängte ihn an den Kleiderständer, den sie in die Mitte der Bühne schob. Dann knickste sie abermals und winkte Adam mit der rechten Hand zu, um auf diese althergebrachte Weise den Künstler in den Mittelpunkt der Aufmerksamkeit zu rücken.

Man fühlte geradezu, wie die Schatten jenseits der Rampe vor unterdrückter Erregung schwer atmeten.

Adam beantwortete Janes Geste mit einer leichten Verbeugung und flüsterte: «Ausgezeichnet!» Dann streifte er gemächlich seine weißen Glacéhandschuhe ab, warf sie seitwärts in die Kulisse, betrachtete einen Augenblick seine bloßen Hände, als habe er sie noch nie gesehen, trat nach vorn und zog seinen Frack aus.

Sowohl das eigene Schweigen als auch das der beiden auf der Bühne zerrte nachgerade an den Nerven des vollbesetzten Hauses. Man war gewohnt, daß ein Zauberkünstler seine Nummer mit Geplauder begleitete, um die Leute zu unterhalten und zeitweilig auch abzulenken. Hier aber gab es nur ruhige, beherrschte Bewegungen und den seltsam zwingenden Ausdruck in den eigenartigen Augen des jungen Mannes.

Nun kehrte Adam sämtliche Rocktaschen nach außen, die gewöhnlichen wie auch die geheimen, und wieder schien eine Welle des Unmuts durch die Reihen zu laufen. Den Zuschauern kam es vor, als verunglimpfe der da oben sie und ihre Kunst, indem er zeigte, daß er die Zauberartikel nicht brauchte, die sie bei sich zu tragen pflegten.

Adam drückte und zerknüllte den Frack und rollte ihn dann zu einer Kugel zusammen, die er zwischen den Händen hielt. Wenn die Kollegen im Zuschauerraum erwartet hatten, er werde ihn nun verschwinden lassen – was sie als einen netten kleinen Trick hingenommen hätten –, so befanden sie sich im Irrtum. Er warf ihn vielmehr Jane zu, die ihn geschickt auffing.

Sie schüttelte den Frack aus, strich Rücken und Schöße glatt, hängte ihn an den Ständer und zog sich auf die eine Seite der Bühne zurück.

Adam nahm den Zylinder ab, ließ ihn so geschickt über die Bühne wirbeln, daß er auf dem Kleiderständer landete, sich noch dreimal drehte und dann in einer Schräglage verblieb, die dem Publikum einen Blick in das leere Innere ermöglichte. Dieser harmlose Trick lockerte vorübergehend die Spannung. Die Leute im Saal atmeten auf, und einige kicherten sogar. Zum erstenmal hörte man, wie sie sich auf ihren Plätzen zurechtrückten.

Die allgemeine Aufmerksamkeit konzentrierte sich jetzt auf den Garderobenständer. Wieder bemächtigte sich eine fast unerträgliche Erregung der Anwesenden. Was würde geschehen? Was *konnte* geschehen, wenn Zauberer und Assistentin eine halbe Bühnenlänge von ihren Sachen entfernt standen?

Mephisto flüsterte Malvolio und Fussmer zu: «Ich glaube, jetzt kriegen wir ihn.»

«Pst!» mahnte Malvolio. «Achtet auf mein Zeichen.»

Der Große Robert sagte leise zu seiner Frau: «Er trägt den Frack nicht. Tauben können es also nicht sein.»

Es waren aber doch Tauben! Zuerst jedenfalls.

Adam hob die rechte Hand und wies mit einer anmutigen, fast zärtlich liebkosenden Bewegung auf den Gegenstand in der Mitte der Bühne, als wolle er etwas hervorlocken.

Jemand im Zuschauerraum schnappte hörbar nach Luft. Aus dem Innern des leeren Fracks lugte hinter einem der Aufschläge der schneeweiße Kopf einer Taube hervor. Eine Sekunde lang betrachtete sie ihre Umgebung mit starren rosa Augen; dann flog sie auf, und es folgte eine zweite, eine dritte, eine vierte . . .

Zu Hunderten quollen Tauben aus dem Kleidungsstück, eine Flut von weißen Vögeln, die aufstiegen und das Theater mit surrenden Flügelschlägen erfüllten, bis die Luft selbst zu vibrieren schien. Sie kreisten über dem Zuschauerraum, flatterten, kreuzten einander im Flug und flitzten zwischen den Gehängen des großen Kronleuchters hindurch.

Die Taschenspieler, Gaukler und Illusionisten von Mageia starrten überwältigt zu dieser unermeßlichen Woge von Vögeln hinauf und verrenkten sich fast den Hals, um die weißen Federwolken genau zu sehen. Das Rauschen und Schwirren wehte um ihre Ohren; an den Wangen fühlten sie den Windhauch, den die Schwingen verursachten.

Als sich keine Tauben mehr manifestierten, winkte Adam zum zweitenmal, und aus den Falten von Janes seidenem Umhang quollen Scharen und Schwärme von kleinen Vögeln jeder Farbe und Art – Meisen, Rotkehlchen, Goldfinken, Buchfinken, Grünfinken, Lerchen, Kanarienvögel, Fliegenschnäpper, Dompfaffen, Wellensittiche, Honigsauger, Waldsänger, Kolibris, Laubsänger, Nachtigallen, kleine Drosseln, Kardinalsvögel, Goldamseln und Ammern.

Es war ein Flirren und Flimmern der herrlichsten Farben – Rot, Blau und Grün, leuchtendes Gelb und dunkles Purpur, strahlendes Orange und sattes Schwarz –, und diese Sinfonie der Farben wurde von einer Sinfonie der Töne begleitet.

Den Klanghintergrund bildeten die gurrenden Tauben; davor erhoben die Singvögel im Chor ihre Stimmen und erfüllten den Raum mit der lieblichsten Musik. Sie klang wie das Zusammenspiel von Flöten, Geigen und fernen Glocken, sie durchdrang alle Anwesenden und schlug sie in ihren Bann.

Zum drittenmal winkte Adam. Und nun kamen die Schmetterlinge.

Sie rieselten aus dem Zylinderhut wie Konfetti: Distelfalter, Aurorafalter, Augenfalter, Schwalbenschwänze, Trauermäntel, Bläulinge, Dickkopffalter, Pfauenaugen, rote und weiße Admirale, Totenköpfe, Perlmutterfalter und Apollofalter – in jeder Farbe und Schattierung des Regenbogens, gefleckt, gestreift, getüpfelt und gescheckt, ein endloser schillernder Strom.

Niemand sah mehr das Kind und den Mann. Aller Augen waren auf den Teppich gerichtet, der über ihren Köpfen aus fliegenden Federn gewebt wurde, ein vielfarbiger Baldachin, in dem die weißen Tauben den Grund bildeten, durchzogen von den feinen Mustern der bunten Singvögel, während das taumelnde, ziellose Hin und Her der Schmetterlinge mit ihren zarten, durchsichtigen Flügeln feenhafte Lichter darauf tupfte.

Die Erwachsenen saßen wie gebannt, aber die Kinder hoben entzückt die Arme, als versuchten sie, etwas von der ungreifbaren Schönheit über ihren Häuptern zu erhaschen.

Die Farbenflut stieg höher und höher in die Kuppel des Zuschauerraumes, wirbelte einen Augenblick um den großen Kristalleuchter, und dann entschwanden die Vögel, schienen sich allmählich in der Luft zu verflüchtigen wie Rauch, bis sie nicht mehr zu sehen waren.

Die Schmetterlinge folgten ihnen. Eben noch war die Kuppel von ihrem im Licht der Scheinwerfer irisierenden Geflimmer erfüllt gewesen, und in der nächsten Sekunde war sie leer. Die Flügel schlugen nicht mehr; der letzte jubelnde Triller einer Lerche verhallte, und dann herrschte Schweigen.

Nach und nach wandte sich die Aufmerksamkeit wieder den beiden Menschen zu, die auf der Bühne standen: Jane mit glänzenden Augen, die Lippen vor Erregung geöffnet, Adam mit dem gewohnten halb mutwilligen, halb geheimnisvollen Gesichtsausdruck. Jetzt ging er die zwanzig Schritte zu dem Kleiderständer, nahm Janes seidenen Umhang, schüttelte ihn ein-, zweimal und legte ihn um die Schultern des Mädchens.

Jane revanchierte sich, indem sie ihm den Frack hielt. Er schlüpfte hinein, zog ihn zurecht, griff in eine Innentasche und holte ein zweites Paar weiße Glacéhandschuhe heraus, die er überstreifte. Dann traten die beiden an die Rampe, Jane machte einen Knicks, einen sehr tiefen diesmal, und Adam verbeugte sich.

Aber der Sturm von Beifallsklatschen und begeisterten Rufen, wie er nach Ninians Vorführung losgebrochen war, blieb aus. Statt dessen schrie eine Männerstimme aus der Tiefe des Zuschauerraumes: «Das ist unmöglich! So etwas gibt es nicht!» Und eine Frau kreischte: «Hexerei!»

In der ersten Reihe erhob sich Malvolio der Mächtige. Sein schmales Gesicht war blaß und zuckte, der kleine Schnurrbart zitterte. Er zeigte auf Adam und rief: «Ich klage ihn an! Er ist keiner von uns! Er ist ein Teufel! Tötet ihn!»

Dies war das verabredete Zeichen. Ein Gemurmel des Schreckens lief durch den Zuschauerraum. Doch bevor die Anklage sich so weit auswirken konnte, daß die im Haus verteilten Spießgesellen Malvolios ihr schmutziges Werk in Angriff nahmen, kam es zu einem sonderbaren Zwischenfall.

Er bestand aus fortwährendem schrillem Kläffen im Hintergrund des Zuschauerraumes und raschem Pfotengetrappel. Ein kleiner Hund rannte durch den Mittelgang in Richtung der Bühne, und zwar so schnell, daß sein Haarvorhang ins Flattern geriet und zum erstenmal des Gesicht des Tierchens freigab.

Mopsy setzte mit einem langen Sprung über den Orchestergraben hinweg, landete auf der Bühne und hüpfte sofort in Adams Arme, wo er zappelte, keuchte, lachte und weinte, seinem Herrn das Gesicht leckte und auf ihn einredete – alles auf einmal.

«Ich bin ihnen entwischt! Ich war gefangen! Ist dir auch nichts passiert? Sie haben gesagt, sie würden dich umbringen, Malvolio sollte das Zeichen geben. Ich wurde von ihnen ins Museum gesperrt und habe alles versucht, um herauszukommen. Ninian hat den Mund nicht halten können, über das Picknick, das Goldfischglas und so weiter. Sie haben mir eine Decke übergeworfen und mich verschleppt. Aber zum Sprechen haben sie mich nicht bringen können. Sie fürchten, deine Zauberei wird ihnen das Geschäft verderben, so daß sie ihr Geld verlieren. Malvolio hat gesagt, wenn du irgendeine krumme Sache machst, geht es dir an den Hals. Ich habe einen elektrischen Hebel gedrückt, und da sind ganz schreckliche Apparate lebendig geworden, die mich durch das Museum gejagt haben, bis jemand die Tür aufmachte und ich hinaus konnte. Menschenskind, Adam, was bin ich froh, daß ich noch rechtzeitig gekommen bin!»

Rechtzeitig? Ach, es sah gar nicht danach aus. Denn jetzt ertönten wütende Rufe von allen Seiten des Theaters, von rechts und links, aus dem Parkett und von den Rängen, von überallher, wo sich Malvolios Leute eingenistet hatten.

«Hexenmeister!»

«Schwarzkünstler!»

«Bringt ihn um!»

«Teufelskunst!»

«Schwarze Magie!»

«Schlagt ihn tot!»

«Dreht ihm den Hals um!»

«Der Hund ist auch verhext. Er kann sprechen.»

«Macht sie beide fertig!»

Das genügte, um die Schwachen und Schwankenden, die wegen der umlaufenden Gerüchte ohnehin nervös und ängstlich waren, zu wilden Hassern zu machen. Und nachdem der Blutdurst der Menge einmal geweckt war, gab es kein Halten mehr. Alle sprangen auf wie ein Mann, drängten der Bühne zu, und es ertönte der furchtbare Lärm einer unbeherrschten Horde, die zum Angriff vorgeht. Stühle wurden zerschlagen, und die Ausrufe, Schreie und Flüche der einzelnen verschmolzen zu einem bestialischen Gebrüll. Das Licht im Zuschauerraum flammte auf und enthüllte die haßverzerrten Gesichter, als die Magier mit lautem Getrampel nach vorn rannten, um sich Adams zu bemächtigen.

Von seiner Loge aus versuchte der Große Robert den Strom zu hemmen. «Halt!» brüllte er. «Hört auf! Wenn er tatsächlich ein Hexer ist, dann muß ihm der Prozeß gemacht werden! Laßt mich die Sache in die Hand nehmen!»

Malvolios Stimme erhob sich über den Tumult. «Prozeß? Nichts da! Es ist zu spät. Sie sind erledigt, Robert – jetzt bin ich am Ruder. Kommt, Jungens, wir greifen ihn uns!» Damit versuchte er auf die Bühne zu springen. In seiner Erregung trat er jedoch fehl und stürzte in den Orchestergraben. Hinter ihm purzelten die ersten Angreifer in die Tiefe.

Mopsy wand sich aus Adams Armen und stürmte bis an die Rampe. Mit gesträubten Haaren knurrte und bellte er die Menge wütend an.

Adam sagte: «Schnell, Jane, lauf zu deinem Vater. Ninian hat den Mund nicht halten können.»

«Nein», rief das Kind, «ich verlasse Sie nicht.»

Ninian, bemüht, der Flut Einhalt zu gebieten, fuchtelte mit den Armen und schrie: «Nein, nein, ihr dürft ihm nichts tun! Er ist gut! Hört auf! Zurück!» Er versuchte, sich ihnen in den Weg zu stellen, und auf der anderen Seite des Zuschauerraumes versuchte der weißhaarige Professor Alexander das gleiche. Der Mob überrollte sie förmlich. Im nächsten Augenblick mußten die Angreifer die Bühne erreichen, über die Körper derer hinweg, die in den Orchestergraben gefallen waren.

Adam erwiderte: «Gut, Jane. Wenn du keine Angst hast, bist du unverletzlich. Bleib, wo du bist.» Er schritt zur Rampe, der heranstürmenden Horde entgegen, und rief mit einer Stimme, die donnernd das Gebrüll, das Getrampel und das Splittern des Holzes übertönte: «Wartet!»

Die vorderste Reihe der Angreifer wich sofort zurück, und als die Nachfolgenden drückten und schoben, hörte man Ausrufe wie «Halt!» – «Vorsicht!» – «Er ist gefährlich!» – «Vielleicht ist er bewaffnet!» – «Er könnte uns verhexen!»

Das brachte den Angriff zu einem vorübergehenden Stillstand, denn nach dem plötzlichen Verschwinden Malvolios fehlte ihnen der Führer.

«Schaut hinaus!» befahl Adam und wies auf die Kuppel mit dem großen Kronleuchter, aus dem sich jetzt strahlendes Licht ergoß.

Adams Gebärde wie auch seine Stimme und Erscheinung waren so zwingend, daß alle Augen nach oben blickten, auf die Decke, durch die erst vor ein paar Minuten die magischen Vögel verschwunden waren.

Da fiel etwas herab, glänzend wie eine Sternschnuppe, schlug gegen eine Sessellehne und landete mit dem lieblichen Klang echten Goldes auf dem Boden.

Ein Zauberer bückte sich danach und rief: «Das ist ja Geld! Ein Hundert-Tingal-Stück!»

«Nicht anrühren!» warnte ein anderer. «Es ist gefälscht – es ist behext!»

«Wirklich?» fragte Adam. «Schaut noch einmal hin!»

Eine zweite Münze kam glitzernd von der Decke, eine dritte, vierte, fünfte. Eines der Geldstücke fiel zwischen Fussmer und Mephisto.

Der dicke Schreiber wollte sich danach bücken, aber Mephisto stieß ihn beiseite. «He, das gehört mir», sagte er, betrachtete es genau und rief: «Es ist echt! Es ist echt!»

«Na also», meinte Adam. «Da ihr solche Angst habt, durch mich Geld zu verlieren, will ich dafür sorgen, daß jeder genug bekommt.»

Und nun ergoß sich ein goldener Regen über die Menge. Klirrend, klimpernd, klingend sprangen und rollten die großen Hundert-Tingal-Stücke die Gänge entlang und zwischen die Sitzreihen. Im nächsten Moment aber stand niemand mehr aufrecht – alle krochen auf Händen und Knien umher, suchten, stießen, tappten und grapschten.

Die Sintflut des kostbaren Metalls beschränkte sich nicht auf mageianische Tingal-Stücke. Münzen aus aller Welt strömten herab: Goldflorine aus Florenz, Zechinen und Dukaten aus Venedig, Solidi aus der Lombardei. Es kamen Groszi aus Polen und Ungarn, Oboli aus der Zeit Karls des Großen, Nobels aus Altengland, Guineen, Kronen, Angelots, schwere Dublonen und Achterstücke aus dem spanischen Amerika. Die Antike war vertreten mit goldenen Statern aus Griechenland, Tetra-

Geldregen bringt Segen . . .

Drachmen Alexanders des Großen, persischen Dareikos und Muhors aus Akbar. Auch Goldmünzen aus jüngerer Zeit waren dabei: französische Louisdors, englische Guineen, holländische Gulden, deutsche Zwanzig-Mark-Stücke, italienische Lire, türkische Piaster und amerikanische Golddollars, alle glänzend und prägefrisch. Es war, als seien sämtliche Goldvorräte der Welt angezapft worden.

Die Bürger von Mageia, vom höchsten bis zum niedrigsten, balgten sich um das Geld, krabbelten auf dem Boden umher und stießen einander beiseite; sie hielten die Hände auf oder hatten die Fräcke ausgezogen, um darin so viel wie möglich von dieser Kaskade des Reichtums aufzufangen. Im Orchesterraum hielt Universo seinen Kollegen Mephisto an der Kehle gepackt und würgte ihn, damit er ihm eine Handvoll spanischer und mexikanischer Goldstücke überließe. Abdul Hamid schlug auf Fussmer ein und wollte ihn zwingen, Münzen von Kuschan, Malabar und Mysore herauszugeben, obgleich sich um sie herum der Mammon aus dem alten China, Persien und Arabien häufte.

Auch die Familie Robert war nicht in ihrer Loge geblieben. Vater, Mutter und Sohn lagen ebenfalls auf den Knien und scheffelten das Geld. Waren die Taschen gefüllt, dann wurden die Schuhe ausgezogen, man benutzte Hemden als Beutel und ließ die Hüte randvoll mit dem edlen Metall laufen. Niemand warf auch nur einen Blick auf die Bühne. Alles war vergessen, bis auf den einen Gedanken, soviel wie möglich zusammenzuraffen.

Allmählich ließ die Goldflut nach. Der Wolkenbruch wurde zu einem gewöhnlichen Regen; dann nieselte und tröpfelte es nur noch, bis schließlich eine letzte Münze von der Decke klingelnd auf den Boden fiel, wo zwei Magier erbittert um sie kämpften, während ein dritter sie ihnen wegschnappte. Damit war es vorbei.

Langsam richteten sich alle auf, mit ihrer goldenen Last beladen, verstört, zerzaust, mit Kleidern, die ihnen in Fetzen vom Leib hingen. Jeder blickte mißtrauisch auf seinen Nachbarn, entschlossen, notfalls weiterzukämpfen, um den ersehnten Schatz zu verteidigen. Erst allmählich kamen sie wieder zur Vernunft.

Sie erinnerten sich ihrer rasenden Wut und des Mannes, dem sie gegolten hatte, bevor der Goldregen ihre Gedanken ablenkte: des gefährlichen Zauberes, der sich in die Stadt eingeschlichen und ihrer aller Existenz bedroht hatte. Aber als sie zur Bühne hinaufschauten, stand dort oben nur noch Jane in ihrem bunten Assistentinnen-Kostüm und dem seidenen Umhang. Adam der Schlichte und Mopsy, der sprechende Hund, waren verschwunden.

20

Verschwindibus!

Mephisto entdeckte als erster, daß sie fort waren – er, und nicht der Anführer der Verschwörung, denn auch Malvolio befand sich nicht mehr unter ihnen. Er lag im Orchesterraum, tot, mit gebrochenem Genick. Aber das wurde erst später festgestellt.

So war es denn Mephisto, der auf die Bühne deutete und rief: «Sie sind fort! Wir dürfen sie nicht entkommen lassen. Sie können Gold für uns machen.» Schwer mit Beute beladen, wie er war, kletterte er auf die Bühne, stellte sich drohend vor Jane auf und schrie sie an: «Du! Du hast ihnen bei der Flucht geholfen. Wohin sind sie gegangen?»

Aber Jane ließ sich nicht einschüchtern, denn sie hörte eine vertraute Stimme flüstern: «Wenn du keine Angst hast, bist du unverletzlich.» Allerdings wußte sie nicht genau, ob sie diese Worte tatsächlich hörte, oder ob es eine innere Stimme war.

«Sie sind nicht weggegangen», sagte sie zu Mephisto. «Sie haben sich gewissermaßen in Luft aufgelöst. Aber vorher hat Adam mir noch Lebewohl gesagt, und Mopsy hat mir einen Kuß gegeben.» Sie fügte hinzu: «*Ihr* habt sie vertrieben.»

«In Luft aufgelöst? Unsinn, Kind, das ist unmöglich!» rief Mephisto. Inzwischen hatten sich Universo, Fussmer und die übrigen Verschwörer zu ihnen gesellt. «Irgendwo müssen sie sein. Wie hätten sie denn unbemerkt verschwinden sollen? Er kann uns alle zu Millionären machen. Wir werden das Haus von oben bis unten durchsuchen. Kommt, Freunde!»

Aber es hatte sie tatsächlich niemand gesehen. Alle Beleuchter, Tischler, Requisiteure, Kulissenschieber und sonstigen Bühnenarbeiter hatten natürlich ihre Posten verlassen und waren in den Zuschauerraum geeilt, um auch etwas von dem Goldregen zu erhaschen. Und der Bühnenportier schwor, daß niemand, auf den die Beschreibung passe, durch seine Tür hinausgegangen sei.

Sie suchten jeden Fußbreit Boden im Theater ab, prüften die Falltüren und alle Maschinen und Apparate, die eine Flucht hätten begünstigen können. Sie kletterten in die Soffitten, zogen an jedem Seil, durchstöberten die Garderobenräume, die Gänge und die Magazine im Keller.

Adam der Schlichte und sein sprechender Hund Mopsy hatten es tatsächlich fertiggebracht, sich in Luft aufzulösen. Es war, als hätten sie gar nicht existiert. Niemand in Mageia fand je heraus, wie und wohin sie verschwunden waren. Nur die kostbaren Münzen, die der Zauberer als goldenen Regen hatte herniederströmen lassen und von denen jede Familie mehr oder weniger ergattert hatte, erinnerten die Menschen an seine Gegenwart und daran, wie er von ihnen behandelt worden war.

Anfangs wachten sie voller Unruhe und Mißtrauen über ihren Hort. Sie wagten noch nicht so recht, an das Glück zu glauben, das über sie gekommen war, und fürchteten jeden Abend, daß sich – wie in einem alten Märchen – das erlesene Metall über Nacht in Steine oder Kohlestückchen verwandeln könnte. Aber nichts dergleichen geschah. Die Münzen hielten jeder Probe stand und erwiesen sich als reinstes Gold, und die alten, seltenen Stücke erzielten hohe Preise, Viele Magier, auch der Große Robert mit seiner Familie, wurden sehr reich.

Die finanzielle Sicherheit, die Mageia genießen durfte, verhinderte jedoch nicht, daß die Bewohner der Stadt von quälenden Gedanken geplagt wurden. Das, was sie empfanden, ließ sich nicht so recht fassen oder beschreiben. Es war ein Gefühl, das nicht weichen wollte, eine Traurigkeit irgendwo in der Magengrube.

Wie es meistens der Fall ist bei Leuten, die sich gegen ihren Willen zu Dummheiten und Gemeinheiten haben verleiten lassen, wandten sie sich nun gegen ihre Verführer, um sich an ihnen zu rächen, soweit das möglich war.

Malvolio, das Haupt der Bande, hatte sich das Genick gebrochen, und niemand trauerte ihm nach.

Mephisto, Universo, Fussmer und andere Teilnehmer an Malvolios Verschwörung wurden verhaftet, des Hochverrats und der Anstiftung zum Aufruhr angeklagt und ins Gefängnis geworfen. Aber das vermochte nicht das niederdrückende Gefühl zu lindern, unter dem die Bewohner von Mageia litten, weil sie infolge ihrer menschlichen Schwäche jemandem bitteres Unrecht getan hatten. Durch die Einfalt seines Herzens war Adam mit Kräften begabt, die ihre eigenen weit überstiegen, aber er hatte keinem von ihnen Schaden zugefügt. Ihre seit langem gehegte Angst vor dem Zauberer, der eines Tages erscheinen könnte, um sie alle als Schwindler zu entlarven, und gegen den sie sich durch hohe Mauern zu schützen versucht hatten, war gegenstandslos geworden. Der Gefürchtete hatte sich als einfacher, freundlicher junger Mann erwiesen, der gekommen war, um bescheiden zu ihren Füßen zu sitzen und von ihnen zu lernen. Sie hatten ihn aus ihrer Mitte vertrieben, und er hatte es ihnen mit Reichtum vergolten! Man fühlte sich allgemein zerknirscht und unglücklich, und das Interesse an Bühnenzauberei ließ sowohl bei den Magiern als auch beim Publikum merklich nach.

Was Jane betrifft, so war sie tief betrübt über den Verlust ihres Freundes Adam, und besonders schmerzlich vermißte sie den kleinen Mopsy. Ihre Arme sehnten sich danach, das seidenhaarige Geschöpf, das so sehr an ihr gehangen hatte, zu halten und zu herzen. Oft, wenn sie abends an ihn dachte, weinte sie sich in den Schlaf. In ihrem Kummer und ihrer Sehnsucht dachte sie gar nicht mehr an den Zauberkasten.

Immerhin ging es ihr besser als früher. Seit sie Adams Assistentin gewesen war, hatte ihr Bruder Peter ein bißchen Angst vor ihr. Er erinnerte sich noch immer voller Schrecken an das Abenteuer mit den Hornissen und Ameisen und war nicht sicher, wieweit der Fremde seine Schwester in dieser Art Zauberei unterwiesen hatte. Deshalb neckte und quälte er sie jetzt bedeutend weniger.

Der Große Robert war stolz auf seine Tochter. Nach dem schmählichen Ende Malvolios und seiner Komplicen saß er als Bürgermeister und Oberzauberer fester denn je im Sattel, und da allgemein bekannt war, daß er Adam gastlich in seinem Haus aufgenommen hatte, schrieb man ihm – wenigstens zum Teil – das Verdienst an dem Reichtum zu, der Mageia zugeflossen war. Als schlauer Politiker hütete er sich natürlich, dieser Annahme zu widersprechen. Nur Jane wußte, wie die Dinge wirklich zusammenhingen.

Die Tatsache, daß ihr Leben friedlicher und angenehmer geworden war, konnte jedoch nicht verhindern, daß sie sich einsam und unglücklich fühlte. Sie hatte auch den Ehrgeiz verloren, Zauberkünstlerin zu werden, und rührte nicht einmal mehr die Gegenstände an, mit denen sie früher so eifrig geübt hatte.

Etwa ein Jahr später, an einem kühlen Herbsttag, als Jane für ihre Mutter in einem unweit des Stadttors gelegenen Laden etwas besorgen wollte, traf sie Ninian wieder, zum erstenmal seit jenem Unheilsabend.

Jane, jetzt fast dreizehn, war ein großes, hübsches Mädchen geworden, denn seit niemand mehr behauptete, sie sei häßlich und ungeschickt, hatte sich ihre natürliche Schönheit frei entfaltet. Es war durchaus nicht ihr Wunsch, Ninian jemals wiederzusehen, obgleich sie wußte, daß er in seiner Schwäche Adam zwar verraten, im letzten Augenblick aber versucht hatte, ihn zu schützen, und dafür fast zu Tode getrampelt worden war. Wie Jane gehört hatte, war Ninian berühmt geworden, wußte sich vor Engagements kaum zu retten und verdiente eine Menge Geld. Mehr als alle anderen Bewohner der Stadt schien er von Adams kurzem Aufenthalt profitiert zu haben. Man hatte in Mageia erfahren, daß er Triumphe auf auswärtigen Bühnen feierte; aber daß er inzwischen zurückgekehrt war, wußte Jane nicht.

Trotz allem empfand sie unwillkürlich Freude, als sie ihn erblickte, denn er war ja ein Verbindungsglied zu Adam und Mopsy, die sie so schmerzlich vermißte und deren Verschwinden eine solche Lücke in ihrem Herzen hinterlassen hatte. Zugleich aber wunderte sie sich über Ninians ganz ungewohnte Kleidung. Statt des traditionellen Fracks trug er einen altmodischen Wanderanzug: Knickerbocker, die ihm über die knochigen Knie fielen, Strümpfe mit häßlichen grünen und gelben Schrägkaros, derbe Schuhe, eine grobe Tweedjacke mit Lederflecken an Ellbogen und Taschen, und einen etwas zu kleinen Leinenhut. Im übrigen hingen ihm Haare und Schnurrbart noch immer schlaff zu beiden Seiten des Gesichts herunter. Er hatte einen schweren Rucksack umgeschnallt.

Aber alles, was Jane an Groll und Bitterkeit gegen Ninian hegen mochte, war verflogen, als sie den selbst für ihn ungewöhnlich schwermütigen Ausdruck auf seinem Gesicht bemerkte. Er stand neben dem alten Torhüter und schaute zur Stadt zurück mit dem traurigen und konzentrierten Gesichtsausdruck eines Mannes, der im Begriff ist, alles hinter sich zu lassen, was ihm teuer war, und der mit diesem letzten Blick das, was er geliebt hat, seinem Gedächtnis einzuprägen sucht. Noch bevor er ein Wort sagte, begriff Jane, daß er aus irgendeinem Grund von Mageia und der Zauberei für immer Abschied nahm.

«Ninian! Ninian!» rief sie und rannte auf ihn zu. «Wohin gehen Sie?»

Er drehte sich um, und seine Augen leuchteten auf. Offenbar freute er sich, sie zu sehen. «Jane», sagte er, «wie groß du geworden bist! Und wie hübsch!» Dann beantwortete er ihre Frage. «Ich gehe fort, um Adam zu finden.»

Der alte Torhüter hielt die Hand ans Ohr. «Adam? Adam? Wer ist das? Ach ja, jetzt erinnere ich mich – der junge Mann mit der Feder an der Kappe und dem höflichen Hund. Er soll ja allen Leuten zu einer Menge Gold verholfen haben. Nur ich, der ich ihn hier einließ, habe keinen roten Heller zu sehen bekommen. Dann hieß es, er sei plötzlich wieder verschwunden. Sie kamen alle angelaufen und fragten, ob ich ihn hinausgelassen hätte. Das war aber nicht der Fall. Warum müssen Sie ihn denn suchen?»

«Weil ich ihn verraten habe», erwiderte Ninian. «Ich war schwach und schlecht, und was noch schlimmer ist, ich war eifersüchtig auf ihn. Und wenn ich bis ans Ende meiner Tage wandern müßte, ich werde nicht ruhen, bis ich ihn gefunden habe und um Verzeihung bitten kann.»

«Aber Ninian», wandte Jane ein, «was ist mit Ihrer Zaubernummer, die so großen Erfolg hat? Jetzt sind Sie doch reich und berühmt, und überall reißt man sich um Sie.»

«Ich habe das Zaubern aufgegeben», antwortete Ninian, und auf einmal strahlten Stolz und Entschlossenheit aus seinen traurigen Augen. «Ich werde nie mehr auftreten. Zumindest nicht, bevor ich Adam gefunden habe.»

Jane streckte dem langen, mageren Mann mit dem komischen Hütchen die Hände entgegen und verzieh ihm alles, was er getan hatte. «Ach, Ninian, Ninian, bitte nehmen Sie mich mit. Ich möchte Adam und Mopsy auch wiedersehen.»

Ninian schüttelte den Kopf. «Das kann ich nicht tun, Jane. Ich muß allein gehen. Und du mußt hier bleiben, denn du weißt mehr von ihm als sonst jemand und kannst, wenn du erwachsen bist, vielleicht dafür sorgen, daß er nicht vergessen wird.»

«Er sagte, er sei über die Straen-Berge gekommen», warf der Torhüter ein.

«Ich werde den gleichen Weg wählen», erklärte Ninian. «Aber das ist unmöglich!» rief der Alte. «Wie es heißt, ist noch nie jemand hinübergelangt.» Er fügte leise hinzu: «Und niemand weiß, wie es auf der anderen Seite aussieht. Es könnte gefährlich werden.»

«Trotzdem, Torhüter, ich muß es versuchen. Bitte lassen Sie mich hinaus.»

Der Alte drückte auf einen Knopf, und das Bronzetor öffnete sich weit. Jane bettelte: «Ach, Ninian, darf ich Sie nicht wenigstens ein Stückchen begleiten?»

Zur Überraschung des Pförtners zögerte der lange Zauberer einen Augenblick, drehte sich dann um und streckte Jane die Hand hin. «Also gut», sagte er, «wenn du durchaus willst, komm mit. Aber wirklich nur ein kleines Stück.»

Als sich die beiden zum Gehen wandten, ermahnte der Torhüter das Mädchen: «Bleib aber nicht zu lange, sonst schimpft deine Mutter mit mir, weil ich dich aus der Stadt gelassen habe.»

«Ich bin bald zurück, das verspreche ich Ihnen», erwiderte Jane.

Der Alte blickte ihnen nach, bis sie von der Straße abbogen und auf einem Pfad weitergingen, der einen bewaldeten Hügel hinaufführte.

«Ninian», sagte Jane, «das ist doch der Weg zu dem Picknickplatz, wo wir damals . . .»

«Ja, das ist der Weg. Und du darfst bis zur Lichtung mitkommen, wenn du mir versprichst, dann gleich nach Hause zu gehen.»

«Aber warum wollen Sie dorthin?»

«Erinnerst du dich an Adams Wanderstab?»

«O ja, natürlich! Er hatte ihn unter der Eiche in den Boden gesteckt und beim Aufbruch vergessen. Und wissen Sie noch? Als ich ihn unterwegs daran erinnerte, meinte er, vielleicht würde er ihn nicht mehr brauchen.»

Ninian nickte. «So ist es. Ich dachte, ich könnte einmal nachsehen, ob der Stock noch da ist. Wenn ja, dann nehme ich ihn mit, und vielleicht führt er mich zu Adam oder hilft mir irgendwie, ihn zu finden.»

Schweigend stiegen sie nebeneinander den Waldweg hinauf. Es war nicht mehr der grüne Laubgang, durch den sie damals gewandert waren, sondern ein Gewirr von kahlen Ästen, an denen nur noch ein paar welke Blätter hingen. Gelegentlich löste sich eines im Wind und segelte langsam auf den braunen Laubteppich hinab, der unter den Schritten der beiden raschelte und knirschte.

Jane fragte sich, wie es jetzt da oben wohl aussähe und ob Adams Stock noch da wäre. Eine seltsame Erregung befiel sie, und ihr Herz klopfte heftig. Sie hätte gern gewußt, was Ninian fühlte und dachte. Das gleiche wie sie? Aber der Zauberer blickte starr geradeaus und trug den Kopf hoch, ganz von den Gedanken an seine Mission erfüllt.

Endlich lag der Wald hinter ihnen, und sie traten auf die Lichtung hinaus. Das Gras war noch grün, aber in die Höhe geschossen, der Boden schwammig. Die Büsche am Zaun, in denen sich Peter versteckt hatte, waren kahl. Die Eiche hatte ihre Blätter in Erwartung des Winterschnees abgeworfen und sah mit den vielen nackten Ästen, die sie gegen den Himmel reckte, noch eindrucksvoller und kräftiger aus.

Der Wechsel der Jahreszeit hatte auch das Leben auf der Farm beeinflußt. Der Bauer pflügte am gegenüberliegenden Hang. Die Kühe grasten auf ihrer Weide, während die Schafe dicht zusammengedrängt standen, um sich gegenseitig zu wärmen. Heuschober waren errichtet worden, und im Hof lag das gelbe Stroh säuberlich geschichtet. Noch immer schwammen die Enten auf dem Teich, pickten Hühner im Sand. Vor der Scheune stand ein mit Zuckerrüben beladener Wagen; nahebei war ein Knecht damit beschäftigt, das trockene Laub zusammenzuharken und zu verbrennen. Der Geruch des Rauches wehte zu Jane und Ninian hinauf.

Sie ließen sich nur wenige Sekunden Zeit, das alles zu betrachten; dann wandten sie sich dem Eichbaum zu. «Ach», rief Jane enttäuscht, «der Stock ist nicht mehr da. Aber sehen Sie nur, da wächst irgend etwas.»

«Merkwürdig», sagte Ninian. «Was kann das sein?»

Beim Näherkommen entdeckten sie, daß der Wanderstab doch noch dort stand, wo Adam ihn in den Boden gestoßen hatte. Er schien Wurzeln geschlagen zu haben, denn aus dem abgegriffenen, knorrigen Stock sprossen weiße Rosen in Hülle und Fülle, mit grünen Blättern, als sei es Sommer. Einige Blüten waren noch knospig und fest zusammengerollt, andere, schon voll entfaltet, strömten einen starken Duft aus.

Sie standen schweigend davor und bestaunten das Wunder. Ganz gewiß war dies Adams Stock, denn sie erkannten beide den Griff, in den ja sein Name eingeschnitzt war.

Für Ninian bedeutete dieses Phänomen eine ermutigende Botschaft, ein Zeichen, daß seine Mission gebilligt wurde, und wenn er je befürchtet hatte, er werde die geplante Pilgerfahrt nicht zu Ende führen können, so waren jetzt alle Zweifel zerstreut. Adam war irgendwo, und zum Beweis dessen hatte er weiße Rosen aus seinem Eichenknüppel sprießen lassen. Es war, als wolle er damit noch einmal bekräftigen, daß das Unmögliche möglich sei. Ninian hatte keine Ahnung, wie lange oder wie weit er würde wandern müssen, aber das kümmerte ihn nicht im geringsten.

Zaubermann! Zauberhund! Zauberstab! Jane dachte an den Tag, da Adam eine weiße Rose, frisch und duftig, mit einem Tautropfen auf dem samtigen Blütenblatt, aus eben diesem Stab gezaubert hatte, und die Sehnsucht nach ihren Freunden wurde so stark, daß sie Ninian mit Tränen in den Augen beschwor: «Ach bitte, bitte, nehmen Sie mich mit!»

Zu ihrer Überraschung antwortete Ninian nicht sofort und schlug ihr auch die Bitte nicht gleich ab. Als er es dann doch tat, sprach er zu ihr nicht mehr wie zu einem Kind, sondern sagte ernst: «Nein, ich glaube, du mußt hierbleiben. Sieh mal –» dabei zeigte er auf die Rosen – «du bist gewissermaßen die Hüterin dieser Blumen. Wenn die Leute in Mageia ihn vergessen oder denken, es sei eben doch nur ein Trick gewesen oder überhaupt nicht geschehen, dann kannst du sie hierher führen, und sie werden mit eigenen Augen sehen und sich erinnern. Und ich, ich weiß jetzt, daß ich ihn eines Tages finden werde. Ich bin ganz sicher.»

Jane fragte: «Und wenn Sie ihn finden, Ninian, werden Sie ihn und Mopsy zu uns zurückbringen?»

«Wer weiß, ob sie überhaupt wiederkommen wollen?»

«Aber Sie werden die beiden von mir grüßen, nicht wahr?»

«Ja, das will ich tun. Und jetzt muß ich aufbrechen.»

Der Kummer, den Jane empfand, wurde unerträglich, denn Ninian war ja das letzte Band zwischen ihr und Adam dem Zauberer. Sie ließ sich auf den weichen Rasen sinken, schlug die Hände vor das Gesicht und begann zu schluchzen.

Ninian kniete neben ihr nieder. «Jane, weine nicht», sagte er. «Adam war dein Freund, er hat sich deiner angenommen und dir eine sehr kostbare Gabe hinterlassen – ein Zauberkästchen, nicht wahr? Was hast du damit gemacht? Ich habe es nie gesehen und auch nicht so ganz verstanden, was es damit auf sich hatte, aber ich weiß davon, weil ich damals bei dem Picknick nur so getan habe, als schliefe ich. In Wirklichkeit habe ich euch belauscht, und dabei hörte ich Adam sagen, das Kästchen enthalte die allergrößte Zauberei und du könntest es jederzeit um alles bitten, was du brauchst oder dir wünschst. Ist es nicht so?»

Der Zauberkasten! Wie hatte sie den nur vergessen können? Janes Tränen hörten auf zu fließen; sie nahm die Hände vom Gesicht und blickte dankbar zu dem Zauberer auf, der sich teilnahmsvoll über sie beugte. Sie empfand eine ganz neue Zuneigung für Ninian. Es sah ihm ähnlich, alles durcheinanderzubringen und zu glauben, der Fremde habe ihr ein richtiges Kästchen mit einem Deckel und einem Schloß, mit Beschlägen und Schnitzereien gegeben. Ninian vermochte nicht zu begreifen, daß Adam sie nur gelehrt hatte, die wunderbaren und erstaunlichen Dinge zu verstehen, die sich in ihrem eigenen Kopf befanden, und die Zauberkünste, die man damit vollbringen konnte. Sie sah Ninian lächelnd an. «Ja, so ist es. Vielen Dank, daß Sie mich daran erinnert haben.»

Sie erhob sich, und auch er stand auf, sichtlich erleichtert, daß ihre Tränen besiegt waren und sie ihn nicht mehr bestürmte, sie mitzunehmen. «Ja, dann will ich also losgehen, denn ich habe gewiß noch einen weiten Weg vor mir. Leb wohl, Jane.»

Er machte eine leichte Verbeugung und wollte ihr die Hand reichen. Aber Jane reagierte anders: Sie stellte sich auf die Zehenspitzen und gab ihm einen Kuß. Daraufhin wurde er vor Verlegenheit rot, murmelte «Hm, hm, soso» und «Ja, ja» und sagte schließlich: «Leb wohl, leb wohl, liebe Jane. Gott segne dich.»

Damit wandte er sich ab und ging am Zaun entlang den Hügel hinunter, bis er die Straße erreichte. Jane, die ihm nachblickte, sah ihn kleiner und kleiner werden. Dann machte die Straße eine Biegung, und Ninian verschwand für immer, so wie Adam verschwunden war.

Nun war Jane allein. Sie beobachtete das Leben und Treiben auf dem Bauernhof, der Zauberfarm von einst. Der Bauer schob den Pflug durch die weiche Erde; eine Schar von Vögeln – sie erinnerten Jane an den buntgefiederten Schwarm, den Adam auf die Bühne gezaubert hatte – folgte dem Pflug, um nach Würmern zu picken; die Kühe lagen friedlich wiederkäuend auf der Weide; die Schafe rupften das Gras, und auf dem Teich ließen die Enten eine V-förmige Kiellinie hinter sich. Das alles hatte sie damals seltsam in Bann geschlagen. Warum konnte es nicht wieder so sein? Nur wenig mehr als ein Jahr war vergangen, und statt Sommer war jetzt Herbst. Doch neben ihr, wie zum Beweis, daß in ihrer und Adams Welt alles möglich war, sprossen weiße Rosen aus einem Eichenknüppel.

Und der Zauber begann von neuem, so wie an jenem Sommertag. Zu Janes Füßen lagen Mengen von Eicheln, jede einzelne ein winziges Zauberbüchschen, aus dem ein ebenso mächtiger Baum werden konnte wie der, unter dem sie stand. Die magischen Kühe widmeten sich ihrer Verwandlungskunst; die Schafe bekamen jetzt ihre Winterfelle, aus denen bald Wintermäntel für Menschen entstehen würden. Das Quaken der Enten und das Gackern der Hühner gemahnte an die besonderen Künste dieser Tiere. Und vor Janes Augen galoppierte neben der Mutterstute, die den Pflug zog, ein kräftiges junges Pferd. Damals war es ein schmächtiges Fohlen gewesen und vorher ein Nichts, das erst zu existieren begann, als es mit dünnen Beinchen und großen Augen auf die Welt kam, um sich im Sommergras zu wälzen.

Jane suchte am Himmel nach Wolkenbildern, doch der Tag war grau und verhangen. Aber sie wußte, hinter dem Schleier vollbrachte die Sonne ihre Wunder, war der Himmel blau, und hinter dem Blau befanden sich all die anderen Sonnen und Sterne und Welten, Milchstraßen und Sonnensysteme, von denen Adam erzählt hatte. Zu Janes Füßen erklomm eine pelzige braune Raupe einen trockenen Grashalm. Das Mädchen streckte den Finger nach ihr aus und sang nach Kinderart: «Abrakadabra – simsalabim! Einmal wirst du braunes Ding – ein wunderschöner Schmetterling – schwing dich in die Lüfte – schwing!»

Und der Zauber in ihr? Wie hatte sie das Wunderkästchen vergessen können, das nach Adams Worten alle ihre Wünsche erfüllen würde, wenn sie es nur richtig gebrauchte?

Was hatte sie sich denn so sehnlich und unter Tränen gewünscht, als sie in ihrem Zimmer hinter Schloß und Riegel saß und Adam vor ihrem Fenster erschienen war? Eine richtige Zauberkünstlerin hatte sie werden wollen, und sie war in hilfloses Schluchzen ausgebrochen, weil ihre Finger nicht gehorchen wollten und ständig die kleinen roten Bälle fallen ließen, mit denen sie sich bemüht hatte, den sogenannten Hundertkugeltrick zu erlernen. Seither hatte sie es nicht wieder versucht.

Jane streckte die Hände aus, stellte sich ihren Zauberkasten vor und sah die beiden Fächer, die mit ‹Ich kann› und ‹Ich will› beschriftet waren. Sie drehte den Schlüssel, schloß auf und fühlte geradezu, wie das Feuer von ‹Kann› und ‹Will› durch ihre Adern strömte. Da wußte sie, daß sie es schaffen würde, so sicher wie . . . wie ein Wanderstab eine frische weiße Rose hervorbringen konnte.

Weit öffnete sie ihren Zauberkasten, und wenn auch die eingerosteten Scharniere zuerst etwas quietschten, so kamen doch die Erinnerungen unaufhaltsam herausgepurzelt, die Erinnerungen an jenes unvergeßliche Picknick, bei dem sie zum erstenmal von dem unsichtbaren Zauber erfahren hatte, der sie umgab und der viel erstaunlicher, viel mächtiger war als alles, was die geschickten Magier von Mageia je erfinden konnten.

Was hatte Adam von dem ‹Zauber in ihr› gesagt? Ach ja: «Schließ die Augen!»

Jane kniff die Lider fest zu.

Und dann hatte er gesagt: «Jetzt denk an einen anderen Ort – vielleicht an einen, wo du einmal sehr glücklich warst.»

Aber warum sollte sie an einen anderen Ort denken, wenn sie doch hier, an dieser Stelle, mit Adam und Mopsy glücklicher gewesen war als je zuvor in ihrem Leben?

Und so rief sie sich den schönen, hellen Sommertag ins Gedächtnis zurück, das Summen der Insekten, die Wärme der Sonnenstrahlen auf ihren Wangen und den Duft der Wiesenblumen. Sie sah die bunten Schmetterlinge über den grünen Büschen flattern und die silbergeflügelte Libelle in der Luft schweben. Und da waren auch die beiden Freunde neben ihr, der Mann und der Hund, und es war wieder Sommer.

Sie hatte sie genauso heraufbeschworen, wie sie damals gewesen waren. Adam trug sein Rehlederwams, und die Kappe mit der Pfauenfeder saß ihm fest auf dem kupferroten Haar. Ja, das war Adam mit dem Lächeln, das die Augen in den vielen Fältchen fast verschwinden ließ, es war seine lange, lustige Nase, es war seine ruhige Stimme.

Er sagte zu ihr: «Nun hast du es erfaßt, Jane. Einfache, schlichte Zauberei.»

Und Mopsy, die kleine lebende Pelzkugel, sprang ihr in die Arme, zappelnd, schnüffelnd; er preßte sein weiches Fell und die kalte Knopfnase an Janes Wange, und wie immer lachte und sprach er zugleich.

«Er sagt, du sollst nicht traurig sein», übersetzte Adam. «Er liebt dich. Und wir werden immer zu dir kommen – denn jetzt hast du ja den Trick gelernt. Inzwischen», fuhr Adam fort, «bis du uns wieder rufst, gehen Mopsy und ich unseren Weg. Leb wohl, Jane. Öffne die Augen.»

Sie tat es. Der Sommer war dahin, und die beiden waren verschwunden. Wieder stand sie allein auf der Lichtung. Der Bauer war mit seinem Pflug am Ende des Feldes angelangt; der Knecht streute die Asche der verbrannten Blätter über die Schollen; die Hofhunde scheuchten die Kühe mit lautem Gebell zum Gatter, um sie in den Stall zu treiben. Ein Singen war in Janes Herzen. Sie lief hüpfend den Weg hinunter, den sie gekommen war, denn sie hatte ja versprochen, nicht zu lange fortzubleiben.

Paul Gallico

Meine Freundin Jennie
Roman · rororo Band 499

Ein Kleid von Dior
Roman · rororo Band 640

Der geschmuggelte Henry
Roman · rororo Band 703

Thomasina oder Die rote Lori
Roman · rororo Band 750

Ferien mit Patricia
Roman · rororo Band 796

Die Affen von Gibraltar
Roman · rororo Band 883

Immer diese Gespenster!
Fast ein Kriminalroman · rororo Band 897

Die spanische Tournee
Roman · rororo Band 963

Waren Sie auch bei der Krönung?
Zwei heitere Geschichten zu einem festlichen Ereignis
rororo Band 1097

Die Hand von drüben
Fast ein Kriminalroman · rororo Band 1236

Jahrmarkt der Unsterblichkeit
Roman · rororo Band 1364

Freund mit Rolls-Royce
Roman · rororo Band 1387

Schiffbruch
Roman · rororo Band 1563

Adam der Zauberer
Ein Märchen von der Einfalt des Herzens
rororo Band 1643

k. o. Matilda
Roman · rororo Band 1683

Die silbernen Schwäne
Fünf Geschichten von der Liebe · rororo Band 1803

Julian und die Seifenblase
Roman · rororo Band 4173

Mrs. Harris fliegt nach Moskau
Roman · rororo Band 4239

rororo

53/18